我當
備胎女友
也沒關係。
6
volume
six
Kadokawa Fantastic Novels

第9話　我不要緊的

我在東山三十六峰開始染上紅色的京都，漫步在飄盪著金木犀香氣的小徑上。木屐聲在一望無際的秋色天空中迴盪著。

「感覺怎麼樣？」

福田這麼問，我回答「感覺非常好」。

「逛動物園也挺開心的。」

我跟福田就讀的是一所男性比例很高，有許多獨特學生的大學。既然獨特的學生很多，就意味著即使我穿著簡便和服和高木屐在校園裡走動，也不會有人覺得很稀奇。而我們就住在擠滿這所大學學生的貧窮公寓——山女莊裡。

上週，住在這間公寓的三年級生拜託我協助他做研究，於是我跟他一起前往了各地的動物園觀察猴子跟猩猩，並記錄了群體中首領的行動以及每個個體擔任的職責。

「逛動物園的時候學長說了各式各樣的故事，像是名古屋動物園裡的猩猩很帥，或是有動物園的猩猩因為親屬太多導致交配很困難之類的。非常有趣呢。」

我和福田聊著這些內容，遠野笑瞇瞇地聆聽著。

我們三人正朝著車站走去。

遠野和福田身上有股溫柔的氛圍，跟他們待在一起總讓人覺得很放鬆。

「我也想去動物園呢。」

遠野說道。

「跟去不就好了？」

福田這麼回答。

「畢竟據說觀察猴子人手愈多愈好。」

「我也這麼想，所以邀了遠野。」

我開了口。

「但是她在聽到要幫忙研究之後，說了句『困難的事就交給你了！』之後就逃走了。」

「哎呀？你在說什麼呢？」

遠野依舊笑瞇瞇的。

「那些毛絨絨的小毛球肯定非常可愛吧。」

看來她似乎裝作沒聽到那些對自己不利的內容。

觀察猴子非常簡單。大多數都是記錄哪隻猴子把食物分給哪隻猴子，以及牠們互相梳毛的次數之類的內容。

遠野做事很專注，所以我想她絕對能做好。不過，她的確有可能因為猴子很可愛而太過興奮，導致漏看了許多事情。

「桐島努力地在做埃里希風格的事。」

「沒錯。我也漸漸開始了解把他人的喜悅當成自己的喜悅的重要性了。」

德國哲學家埃里希·佛洛姆在著作《愛的藝術》中講述了愛的本質。

他認為宣示自己很有魅力或是價值，要求別人愛自己的態度並不是所謂的愛，而只是一種交易行為。

同時他主張愛是一種付出。

這種付出並不要求對方的回報，幫助他人並要求對方喜歡上自己並不算是愛情。當然，以美德、義務或耍帥作為出發點的行為也不是愛。

從透過付出讓他人感到喜悅，並對這件事本身感到高興。

這才是所謂的愛。

埃里希主張愛的本質並非被動地接受他人的愛，而是主動去愛人。

而且他在作品裡說道，愛並不是不由自主地對命中註定的對象產生感情，而是透過日復一日不斷努力才能得到的東西。

「桐島很喜歡埃里希呢。」

「埃里希這種想法的優點在於——」

我說著。

「能透過努力來愛所有的人，並且認為任何人都能找到真正的愛。」

埃里希的說法肯定是正確的吧。

在為人付出的過程中，我逐漸變得只要看到別人開心的表情，自己也會感到幸福。

因此，當得知熱衷於製作咖哩的山女莊居民正在尋找罕見香料時，我會跑遍從西邊的嵯峨嵐山到東邊山科附近的所有商店幫他們尋找，並設法拍攝沿著京都街上散步的影片來賺錢。途中要是遇到山女莊居民，我就會單手拿著相機跟對方一起在洛中散步。

「我很喜歡喔。」

遠野如此說道。

「桐島鬱金香。」

「是埃里希。」

「小栞是指你講的話太複雜很麻煩啦。」

每當我講起理論性質的內容時，宮前總是會捏著我的臉頰說「煩死了」。

遠野也是一副當耳邊風的樣子。一旦我在兩人獨處時講類似的話，她就會像貓一樣邊說著「是呢～」邊貼在我身邊。等我說完之後再用一副裝傻的模樣說：「你剛剛說了什麼嗎？」

會認真聽我講話的人只有福田。

「這麼說來，大學校慶的執行委員好像說人手不夠——」

「嗯，當然。我自願幫忙了。」

我們的大學會在十一月舉辦校慶，用高中來比喻就是文化祭。不過，到了大學規模將會大上不少。有很多大學會邀請著名的相聲藝人或樂團。

而我們大學的執行委員每年都會在祭典的最後一天，舉辦由本校學生進行的舞台表演。今年的項目是和太鼓，但由於一直找不到人，執行委員十分困擾。

「畢竟我的節奏感已經因為演奏胡弓變好了，和太鼓應該也沒問題。」

「會變得很忙呢，跟遠野同學相處的時間沒問題嗎？」

聽福田這麼說，遠野回答著「沒關係的」。

「見面時間變少的確會有點寂寞，但我也要參加社團。」

「而且——」遠野繼續說道。

「我喜歡桐島同學為了別人努力的模樣，所以一點都不在意喔。」

她這麼說著，像往常一樣打算跟我牽手，但隨即察覺到是在福田同學面前，連忙滿臉通紅地縮回了手。

「別客氣，儘管牽吧。」

福田露出溫柔的微笑說著。

「看到遠野同學跟桐島感情融洽我也會很高興，心裡湧現出一股暖意。從這方面來看，或許我心中也有像是埃里希的部分也說不定。」

我們用如同落葉飛舞般的緩慢速度走在路上，不時興奮地看著路上便當店的新菜單，或是觀察放在陶器店展示櫥窗的盤子花紋。

最後我們抵達了車站。

我們無所事事地站在出口，外面天氣很好，車站前飄盪著悠閒的氛圍。

「桐島同學。」

遠野小聲地說著。

「一起加油吧。」

我說著「嗯」並點了點頭。

過了一會兒，一名身穿看似十分柔軟，秋季色彩風格衣服的女孩子走出了車站。

她出現在京都這個地方的光景讓我感覺有些奇妙。雖然看起來跟這裡非常相配，又有種與現實脫節的感覺。在這個充滿平靜氛圍的地方，她或許有點太可愛了。

不過這些都只是我個人的觀感，她確實就在這裡。

「好久不見了呢。」

那個女孩朝我們三人舉起了手。

她臉上掛著靦腆的笑容，以及在海邊相遇時一模一樣的氛圍。

是早坂同學。

見到早坂同學舉起手，福田也有些害羞地紅著臉同樣舉起了手。他對早坂同學抱持著十分純潔的愛慕之情。

我今天要支援福田。

事情變成了這樣。

◇

遠野是個善於交際的女孩子。雖然喜歡黏著我，但她不會在別人面前打情罵俏，幾乎只有兩人獨處的時候才會跟我撒嬌。但是，今天並非如此。

首先是我們四人決定去吃午餐，朝店裡走去的時候。

「要、要上嘍。」

遠野「嘿！」的一聲挽住了我的手臂。

「跟桐島同學在一起，每天都很幸福！」

「ＢＡＢＹ，我也是喔。無論發生什麼事，我都會保護妳的。」

我一邊這麼說，一邊撫摸著遠野的頭。

偷偷往後面看一眼，發現福田正擺出一副「這樣沒問題嗎？」的感覺微微地露出苦笑。走在他身旁的早坂同學臉上掛著微笑，讓人看不出她的想法。既像是露出欣慰的笑容，也像是裝出來的。

遠野緊張地等著早坂同學的反應。

「嗯。」

早坂同學露出天使般的笑容開口。

「我也想要交個男朋友了。」

遠野悄悄地做了個勝利姿勢。雖然有點不知道她在做什麼，但這是為了幫助福田的戀情制定的作戰。

我們在夏天的海邊城鎮遇見了早坂同學。當時遠野和早坂同學交換了聯絡方式，歷經多次交流之後，早坂同學決定來京都玩。

日期決定之後，我們聚集到住在山女莊的研究生——大道寺學長的房間裡開會，宮前也在場。

議題當然是該如何幫助福田的戀情。

想到辦法的人是每天都在研究宇宙的大道寺學長。

『鄰居草皮的卿卿我我宇宙作戰。』

大道寺先生表示，當天出遊的人只有我和遠野，再加上福田同學就行了。

『當天桐島跟遠野就在早坂同學面前親熱，讓她見到你們幸福的模樣。這麼一來會怎麼樣呢？每個人都生活在鄰居家草皮更綠的宇宙裡。換句話說，早坂同學會變得羨慕有男友的人。而到時候，個性溫柔的福田剛好就在她身邊。』

這就是大道寺學長的策略。

『真是完美的作戰……』

遠野聽了之後重重地點了點頭。

『只能說是天才咩……』

宮前發出讚嘆。

『果然追求學問的人就是不一樣……』

福田看起來更加敬佩大道寺學長了。

『不，應該很困難吧。』

我的意見被無視了。

接著就這麼到了當天，我們和早坂同學會合，執行鄰居草皮作戰。

「雖然在眾目睽睽之下做這種事很令人害羞……但還挺順利的呢！」

遠野挽著我的手臂說。

「是嗎？」

「就照這個情況繼續下去吧！」

「真的可以嗎～」

早坂同學露出天使般的笑容說著「我也想要交個男朋友了」，那明顯是為了配合我們才做出的反應。

實際上確實就是這樣。在我們走進預定享用中餐的中華料理店之前，早坂同學小聲地對我說道。

「我很喜歡遠野同學他們的感覺喔。」

「難不成妳發現了？」

「那當然啊。就算是我，也已經能看出這方面的事情了。像是福田同學的心意。」

據說她就是在知情的情況下接受了遠野的邀請。

「福田同學是個好人，因為桐島同學在就不搭理他很奇怪。況且我也覺得一直都不交男朋友不太好，珍惜際遇是很正常的吧。」

換句話說，早坂同學的意思是她並不是來跟我見面的。

「所以桐島同學可以跟遠野同學打情罵俏。不需要有所顧慮，那樣反而比較討厭。畢竟我已經對桐島同學沒有感覺了。」

我們走進的是一間大學生經常光顧且價格公道，俗稱在地中華料理店的店家。

「福田同學常來這種店啊。」

聽早坂同學這麼說，福田有些害羞地點了點頭。

「嗯，是桐島介紹的。因為我沒什麼錢，又不知道其他店家……」

「挺不錯的呢，我一直想來這種店嘗試看看。」

早坂同學這麼說著朝我看了一眼。她的意思是『我稱讚的是福田同學的品味，不是桐島同學喔』，我點頭表示理解。

我們找張桌子坐下，一邊吃飯一邊聊天。

福田非常緊張，講話總是結結巴巴的。每當這時候遠野就會伸出援手，讓話題繼續下去。

「福田很會種花，山女莊前面的花圃非常漂亮，正是因為福田同學很溫柔，花才會長得這麼茂盛喔！」

說完這句話，遠野露出了靈機一動的表情。

「說到這個，找男朋友果然還是要找溫柔的人比較好呢～」

隨後看著早坂同學的臉說出了這種話。

雖然覺得「喂，這也轉得太硬了吧」，但遠野就是那種在隊伍陷入危機時會強硬地打破僵局的選手。

「說得也是～溫柔的人不錯呢～」

早坂同學喝著茶表示贊同，遠野露出一副像是在說「好耶！」的表情。

「早坂同學不想交男朋友嗎？」

「我經常覺得要是有個男友就好了呢。」

「有、有男朋友很不錯喔！」

遠野說完再次貼了上來，執行鄰居草皮宇宙作戰。

早坂同學笑瞇瞇地看著我們。

「不僅在一起很開心，內心會莫名地有股暖意，感覺喜歡彼此的心意相通……」

這麼說著的遠野害羞了起來，講話吞吞吐吐的。

「妳很喜歡桐島同學呢。」

聽早坂同學這麼說，遠野紅著臉回答道「是的」。

「雖然覺得自己做飯很麻煩，但一想到是為了桐島同學，我就有幹勁了。」

遠野說到這裡看了我一眼，意思是要我執行隔壁的草皮卿卿我我宇宙作戰。於是我開了口——

「遠野的料理非常美味，讓人每天都想吃呢。」

「桐島同學喜歡遠野同學的料理呢。」

早坂同學露出柔和的笑容看著我。

「果然是最好吃的嗎？」

「嗯。」

「是目前所有親手製作的料理中的第一名？」

「啊，嗯……」

「所謂的『目前』也包含高中的時候喔，即使這樣也是嗎？」

「咦？這個嘛……」

「哼嗯——啊，上菜了，我來負責分吧。」

早坂同學俐落地一一將麻婆豆腐分別盛裝在小盤子裡。接著在其中一個小盤子裡大量倒入了放在桌上的鮮紅豆瓣醬。那盤超級辣的麻婆豆腐理所當然地放到了我的面前。

「來，桐島同學。」

「謝、謝謝妳。」

我邊感受逐漸腫起來的嘴唇邊享用著。而一旁的遠野正認真地執行著大道寺學長指導的策略。

「雖然現在才剛進入秋天，但說起冬天就是聖誕節呢～」

沒錯，這是煽動人們總想在聖誕節前交到男朋友這種想法的作戰。如果想跟戀人一起過聖誕節，就必須趁著這個會舉辦大學校慶的秋天採取行動。

「遠野同學會跟桐島同學一起過吧？」

聽早坂同學這麼問，遠野回答：「是的！」

「我會跟初戀情人一起過聖誕節，我想，這一定會是我人生中最美好的聖誕節！沒錯吧，桐島同學！」

遠野在桌子底下戳了戳我的大腿。畢竟是在遠野面前，我不得不採取行動，於是我再次開口回答。

「嗯，我想會是個很棒的聖誕節。」

此時早坂同學向我問道。

「桐島同學也跟遠野同學一樣，認為下一個聖誕節會是人生中最棒的聖誕節嗎？」

總覺得早坂同學的笑容有股壓力，是我的錯覺嗎？

「這個人生中當然也包含了高中時代喔？」

「呃、啊，嗯……」

「哼嗯──啊，又上菜了，這道青椒肉絲看起來真好吃～」

早坂同學這麼說著，再次用小盤子替我們盛裝。而放在我面前的盤子裡只有一片青椒。

遠野跟早坂同學繼續聊了下去。

「要是早坂同學也交了男朋友，絕對會很開心的！」

「跟喜歡的人在一起就是這樣呢。」

「是啊，在目前所有遇見的人之中，我最喜歡的就是桐島同學！」

「最喜歡嗎──」

此時早坂同學再次向我問著。

「在至今遇見的人之中，桐島同學也最喜歡遠野同學嗎？」

「不……」

感覺她從剛剛就一直在逼迫我主動接招耶？

無論如何，我都是遠野的男朋友，而且目前還在進行卿卿我我作戰。更重要的是，早坂同學要我不必有所顧慮，於是我說出了自己該說的話。

「我喜歡遠野，是在至今遇見的人當中最喜──好痛！」

桌子下面的小腿受到衝擊，我說到一半就停了下來。

「抱歉抱歉。」

早坂同學露出天使般的笑容說著。

「腳踢到你了，沒事吧？」

「嗯……我沒……事！」

接下來是我沒吃過的甜點芝麻球。

「桐島同學說他不想吃，福田同學你吃吧。」

早坂同學這麼說著移動了盤子。

見到這個模樣，遠野擺出了勝利手勢。

「早坂同學多分了芝麻球給福田同學。這就是好感度上升的證據！作戰成功了！」

◇

傍晚，我們朝著山女莊走去。

『我還要為明天的課程做準備。』

早坂同學這麼說著，坐上電車回到了海邊的城鎮。

「早坂同學應該玩得很開心吧。」

遠野這麼說，我回答道「是啊」。

我不知道作戰是否成功了。但是，就算早坂同學對福田沒有戀愛的感覺，但毫無疑問是有好感的。

在中華料理店吃完飯後，我們去了一家能輕鬆遊玩各式各樣運動的娛樂設施，在籃球場上進行了二對二的比賽。當然，隊伍是我和遠野一隊，早坂同學跟福田一隊。

看到我被遠野推著背做伸展運動時，福田顯得有些困惑。雖然他們自然而然地成為了隊友，但他不確定自己是否能觸碰早坂同學。

這個時候，早坂同學開了口。

『我來幫你伸展吧？』

於是福田坐在球場上，讓早坂同學幫忙推背。福田明顯非常緊張，我想他應該不自覺地屏住了呼吸。在互換位置替幫早坂同學伸展時，他的手也發著抖。

「那時候桐島同學一直喊著『好痛好痛！』，吵死人了～」

「妳在說什麼啊。」

「身體太僵硬了！」

姑且不論我伸展時的事，比賽非常熱烈。就算身穿簡便和服的我很礙手礙腳，遠野依然不停地得分。早坂同學意外地很不服輸，只見她說著『真是的～我生氣了！』開始認真起來，每次得分都會高興地跟福田擊掌。

「除了什麼都沒意識到的幼年時期——」

在被夕陽染紅的歸途上，福田這麼說著。

「我或許是第一次觸碰到女孩子也說不定。」

過去他在都是男生的農業高中過著和女孩子無緣的生活。即使上了大學，他住的地方也是山女莊。跟遠野及宮前在狹窄的房間裡玩的時候也會避免肢體接觸。

「畢竟福田很含蓄嘛。」

「我清楚地知道了，觸碰喜歡的人是一件很美好的事。」

「可是——」福田說著露出了不安的表情。

「早坂同學會不會不願意呢……雖然我的確喜歡早坂同學，但我不想給她添麻煩。」

福田總是非常拘謹。

「不要緊的。」

遠野說著。

「只要早坂同學有一丁點不願意，就算是為了福田同學，我也會中止這項作戰。不過就我看來，早坂同學是真的很開心。」

「我也這麼想。」

早坂同學比那個時候成熟許多，大概也掌握了如何逃開自己討厭男人的方法。

「早坂同學是個防備心很重的人，連那樣的人都玩得那麼開心。雖然不知道她對你有沒有意思，但至少百分之百把你當成朋友來看待了才對！」

福田有些害羞地低著頭說「如果是那樣就好了」。

接著我們回到了平時烤魚的私人道路上，遠野揮了揮手返回自己位於北白川櫻華廈的整潔房間，我跟福田則走進位於對面的貧窮公寓。

「謝謝你，桐島。」

當住在隔壁的我們準備走進各自房間時，福田開了口。

「你為我做了那麼多。」

「想到福田為我做的事，我這就跟什麼都沒做差不多。」

「儘管如此還是謝謝你，桐島是最棒的朋友。」

能夠坦率地說出這種話，正是福田的厲害之處。

「再見。」

我回到自己的房間，磨豆子泡了咖啡。因為有書還沒看完，我邊喝咖啡邊讀了起來。由於肚子有點餓，我吃了放在房裡的蜂蜜蛋糕。

當我花兩小時看完書後，窗外已變得一片漆黑。我朝時鐘看了一眼，來到山女莊的外面。只穿木屐和簡便和服感覺有點冷，或許差不多該加件羽織了。我一邊這麼想，一邊走向公車站，搭上公車。（註：羽織是日式禦寒外套，衣襬及膝，採翻領設計，胸口有綁繩。）

夜晚的公車有種獨特的氣氛。是一股既悲傷又孤獨，但又能包容這一切的氛圍。窗外是京都的夜晚風景。人們各自回家，旅客也結束了觀光行程。

我在終點京都站下了車。

在車站大樓的樓梯前，那個女孩正在等著我。

「你遲到了吧？」

「公車的時間很難預測。」

是早坂同學，她用跟白天一模一樣的姿勢站在那裡。

「那麼，來聊聊吧。」

她用清爽的表情說著。

「關於橘同學的事。」

◇

「這裡有點擠呢。」

「人很多，沒辦法啦。」

我跟早坂同學走進了一間位於車站大樓的咖啡廳，兩人並肩坐在能看見夜晚京都塔的靠窗吧檯位置。

因為店裡空間很小，座位之間的間隔很窄，我跟早坂同學完全貼在一起。身體右側能感受到早坂同學溫暖、柔軟的身體，甚至還有好聞的香氣。腳也緊靠在一起，我忍不住看向早坂同學的大腿，她穿著短褲及長筒襪，大腿中間能窺見白色的肌膚。

即使在京都的街頭，早坂同學也是個引人注目的女孩子。可愛的氛圍中隱約帶著點誘惑感。就算是白天，走在路上的人們也會有意無意地看著早坂同學。

「……算了，沒關係。畢竟是桐島同學嘛。」

早坂同學似乎不在意跟我貼得這麼近。

接著她就這麼開了口。

「我會來京都純粹只是想跟遠野同學一起玩，還有福田同學人很好而已。並不是來跟桐島同學見面喔。」

說到這裡，早坂同學露出了鬧彆扭的表情。

「可是桐島同學卻一副簡直像是我還喜歡你一樣的表情，實在很討厭呢。」

「小腿總覺得有點痛耶。」

「那是在開玩笑啦，我只是想讓桐島同學感到困擾而已。」

早坂同學的確是個會開這種玩笑的女孩子。

此時店員端上了咖啡。早坂同學為了方便對方將飲料放上吧檯挪動了身體。因為這個緣故，她柔軟的身體貼了上來，毛衣更凸顯出了她豐滿的胸部。

店員離開之後，早坂同學挪回身體接著開口。

「桐島同學，剛才你在看哪裡？」

「呃，那個……」

「桐島同學已經有遠野同學了，所以就算我貼得那麼近，你也不會有任何感覺對吧？」

「這個問題的正確答案是什麼啊～？」

「只要有遠野同學在就好了吧？」

「雖然這麼說是沒錯啦……」

「跟遠野同學相比，我就是個沒有任何價值，也沒有任何魅力的女孩子吧？對我這種人是不可能有那方面的想法對吧？」

「我覺得這樣講不太好耶！」

早坂同學若無其事地喝起咖啡。過去的她只喝紅茶，可是，現在她已經是個連黑咖啡都能喝的女孩子了。

「玩笑就說到這裡吧。正如我剛才所說，我會來京都是為了跟遠野同學她們一起玩。」

「除此之外還有一個目的。」早坂同學繼續說著。

「是為了橘同學。」

在跟遠野的交流中，遠野向早坂同學說了有關橘同學的事。說是一個搬到隔壁來，會彈鋼琴不會講話的女孩子。

「桐島同學還沒跟橘同學見過面吧？」

「嗯。照遠野的說法，那個房間似乎過一陣子才能用。」

「真令人吃驚呢。沒想到居然不是京都，而是就讀東京的藝術大學。」

畢竟起初遠野推測橘同學是京都市內的藝術大學學生，我也是這麼認為的。

但是，事情並非如此。

遠野跟橘同學感情變好，已經一起吃過飯了。據說她就是那個時候得知的。

橘同學並不是在京都就讀，而是在東京就讀藝術大學音樂系，而且比同屆的人晚一年入學。

同時雖然還是學生，但橘同學已經接到了一些演奏委託，需要關西的活動據點才租下了櫻華廈的房間。

順帶一提，由於橘同學無法說話，所以是透過掛在脖子上的白板寫字來交流的。

「會住在山女莊的對面好像是偶然呢。」

「不過——」早坂同學說道。

「會選擇京都而不是大阪當作據點，是為了跟桐島同學見面吧。」

「嗯。」

據說橘同學在遠野各方面的詢問下，在白板寫下了這麼一段話。

『我是來見喜歡的人的。我必須道歉才行。』

然後，她想見的人不只我一個。

『在離京都有點距離的地方，也有個被我傷害過的人。我想當面向她道歉。』

那一定是指早坂同學吧。

但是，橘同學似乎有些消沉地也寫了這樣的內容。

『我有點害怕見到他們。』

聽到橘同學跟遠野用餐時的情況，早坂同學短暫地陷入了沉默。

「我好像能夠理解橘同學的想法呢。」

早坂同學眺望著窗外的夜景開了口。

「就算橘同學知道桐島同學跟遠野同學在交往，她也不會去妨礙你們的。」

「可是——」早坂同學繼續說著。

「她肯定會深深受到傷害。畢竟那女孩很純真嘛，我認為她大概不會像我們這樣打算展開新的戀情。而是像小孩子將彈珠當成寶物一樣，一直將當時喜歡的心情很珍惜地藏在心裡。要是發現這麼做的人只有自己一個，她一定會大受打擊的。」

屆時失去聲音的橘同學肯定再也無法說話了。

「所以我想前往橘同學的身邊，給她一個擁抱。因為我能理解她的心情。」

這是早坂同學來京都的其中一個理由。

「以後我會常來京都的。畢竟受到了遠野同學的邀請，而且——」

說到這裡，早坂同學困擾地笑了笑。

「我已經沒事了。」

就算我跟遠野打情罵俏也毫不在意，早坂同學這麼說著。

「畢竟我已經不喜歡桐島同學了，也不會有任何想法。只是稍微裝作有那麼一回事的樣子讓桐島同學困擾來開玩笑而已。」

「是啊。」

「倒是桐島同學沒關係嗎？我跟其他人交往的話，像是福田同學之類的人。」

在中華料理店桌子底下的那一腳，確實是很有早坂同學風格的玩鬧方式，但我知道其中也包含了其他意義。是類似她在海邊的城鎮時，還戴著我在三年前聖誕節送給她的戒指的意義。

但是我們很清楚，有些事情不該表現在話語或態度上，也知道有些時候必須無視心中所湧現的

第10話　沒用的女孩

「早坂學姊好成熟！」

濱波大聲說著。她會提高音量並不是為了吐槽，而是在居酒屋喝了酒，以及四周太吵的緣故。

上完課之後，為了大學校慶舞台表演的準備，我前往校內練習場集合，跟其他自願者一起練習了和太鼓。接著執行委員依照人數拿來了當天要穿的法被，委員中也包含了濱波。（註：法被為日式單層薄外套，通常有印字，多為職人或商家穿著。）

濱波在高中文化祭擔任過執行委員，到了大學也擔任這個職務。

「真是個喜歡慶典的女人呢。」

「穿著法被敲打和太鼓的人說什麼啊。」

我們這麼交流了一會兒，最後決定總之一起去喝個酒，便走進大學附近販售沖繩料理的居酒屋聊了起來。

「也就是說，早坂學姊祝福桐島學長跟遠野學姊交往的事，並打算去關心會因此受到打擊的橘學姊，然後自己開啟新的戀情對吧。」

「早坂同學將這個稱之為『早坂計畫』。」

「嗯～」

濱波吃著海葡萄皺起了眉頭。

「如果是高中的時候，我應該會大聲喊著：『早坂學姊的冒失計畫絕對會失敗的！』但在海邊相遇時，早坂學姊確實變成熟了，也許真的能如同計畫般順利……不對，因為她現在更有魅力，實在很難說會變得怎樣……」

濱波沉吟了一會兒，接著說道：「或許意外地會平安落幕也說不定呢。」

「畢竟橘學姊似乎也好好地過著大學生活。」

她這麼說著將手機拿給我看，畫面上是橘同學的社群網站帳號。

裡面有她參加同一間藝術大學影像系主辦的放映會的場景、奇怪的雕像、或是她跟同學一起去海邊的照片。

「很有藝術大學學生的感覺呢～」

其中大多是橘同學跟五名看似音樂系同學一起拍的照片。橘同學總是站在角落，面無表情地擺出V字手勢。

「橘同學也成長了呢。」

高中時的她更像是個孤高的女孩子。但現在她交到了朋友，開心地過著大學生活。

「橘學姊是自己下定決心要努力的。」

濱波依照橘同學社群帳號的日期一一回顧，看來她似乎是從高中輟學後開始使用社群帳號的。

另外，中輟後的橘同學意外地有些調皮。

第一則貼文是這樣的。

『試著在客廳裝死，結果媽媽就買了遊戲給我。我一邊吃著洋芋片，一邊喝可樂玩了個通宵，被妹妹罵了。』

接下來的內容都是橘同學的墮落生活日記，她總是邊吃零食邊玩遊戲。

上傳的圖片都是些遊戲畫面。代表玩家技術的等級也不斷上升。但是大約一個月之後，狀況稍微有了改變。

『據說只要接受考試就能視為高中畢業然後升上大學。媽媽若無其事地把資料放在我的桌上。看來我享受繭居族生活的事情被發現了。』

在那之後，她持續寫了一些念書的內容。

『妹妹買了很多參考書回來，是打算動用全家人來包圍我吧。』

『今天努力念了一個小時的書，遊戲玩了七個小時。』

『我是天才。解開了非常困難的問題，我的時代來臨了。』

『看來昨天解開的是高一程度的問題，沒有學過的印象。』

橘同學還是老樣子，是個討厭念書的女孩子。也有在摸索念書之外事情的跡象。

『我努力練習做飯跟打掃。要是會做家事，將來或許妹妹會養我也說不定。聽我這麼說，妹妹真的嚇壞了。』

『試著開彈鋼琴的實況如何呢。聽說進行角色扮演，一邊凸顯胸部一邊演奏的影片點閱率似乎很高。』

『果然還是別開鋼琴實況了……雖然我的胸部非常大，但是大眾都不怎麼有眼光，點閱數或許不會增長也說不定。』

這種搞笑的貼文持續了一段時間，但在某個時間點，情況發生了變化。

『這樣下去不行，我果然還是想好好上大學學習音樂。』

『我傷害了別人。』

『我要上大學，成為一個成熟的女孩子，然後去見他們。雖然不知道見面會發生什麼事，但我想跟被自己傷害過的人道歉。』

之後橘同學認真念書，通過了大學考試，遲了一年進入藝術大學就讀。

在那裡磨練自己的感性，打造人際關係，甚至在關西建立了活動根據地。

「從社群網站看不出她從事怎樣的音樂活動。因為搜尋不到，我想她一定不是用本名吧。」

「無論如何──」濱波一邊喝著沖繩香檸沙瓦一邊開口。

「聽到她說不出話的時候我嚇了一跳，不過看來她似乎過得挺開心的。」

「也很享受繭居生活呢。」

「橘學姊給人的印象也變成熟了。所以要是知道桐島學長交了新女友，我想她應該會抽身。」

「不過──」濱波繼續說道。

「正如早坂學姊所說，我認為她應該會大受打擊。畢竟橘學姊會想變成一個成熟的女孩子，都是為了跟桐島學長和早坂學姊見面嘛。」

照這樣發展下去，我最近就會透過遠野跟橘同學見面。到時候我究竟該說些什麼才好呢？

「為了貼近橘學姊而制定的早坂計畫，感覺很有說服力呢……」

「嗯，這樣事情一定會很順利，也不再需要濱波的吐槽了。」

「不用再當濱波警察很不錯呢。」

「我們已經長大成人了。」

「雖然感覺有點寂寞，但這樣絕對比較好——」

濱波說到這裡停了下來。

「怎麼了？」

「剛說完濱波雷達就有了反應！美女指數停止計算，麻煩指數無限大！這是濱波警察出動的徵兆！但是早坂學姊已經回去海邊的城鎮，橘學姊應該還在東京才對，究竟是從哪裡——」

濱波左顧右盼了起來，然後——

「找到了！是沒有長大的差勁女人！」

她指著居酒屋裡的某張桌子。

仔細一看，那裡有個正被男人們包圍被迫不停喝酒，畫著淡妝的美麗女孩子。她有著金色的頭髮及藍色的眼眸，與標緻的五官相反，臉上掛著帶有可愛氛圍的表情。

正是宮前栞。

◇

夏天大家一起去了海邊。宮前在那之後買了部單眼相機，重新回到了曾暫時加入的攝影社。過去社長曾為了追求宮前甩掉待在同個社團的女友，導致她因為待不下去離開了。但由於社長離開，她就回到了社團。

「我也必須好好建立人際關係才行。」

但是因為長相的關係，宮前是個總是會被周圍的人當作戀愛對象的女孩子。

這次也很有可能會是這樣。

「我會想辦法的，否則就只是重蹈覆轍而已。」

「而且被當作戀愛對象也無所謂。」宮前這麼說著。

「得交個男朋友才行，畢竟桐島是遠野的了嘛。」

那個夏天，宮前對我抱持著淡淡的愛慕之情。我們一起去了九州，也見到了養育宮前的奶奶。但因為她知道遠野喜歡我，便對遠野隱瞞了這個心意，也要我跟遠野交往。

「桐島是朋友。只要你願意一直當我的朋友就行了。」

她就像這種感覺，為了成為嶄新的自己展開活動。「得交個男朋友」這句話並非說謊，她也會去參加聯誼。

而那位宮前正在我和濱波身處的居酒屋裡被男人們灌了許多酒。

「感覺像是聯誼之後的二次聚會呢。」

濱波說著。

「大概是那些看上宮前學姊的男生把她獨自帶過來的吧，不過這樣沒問題嗎？」

三個穿著時髦的男性圍在宮前的左右跟正面，不停地遞送著酒杯。

「剛剛去洗手間的時候，我聽見了那桌的男人們在聊天。」

「他們說了什麼？」

「說像那樣的美女很少見，絕對要把她帶回去，大搞特搞一番。」

「嗚哇，明明看起來那麼正派的說。」濱波不敢恭維地說著。

「雖然覺得宮前學姊是會被奇怪男人盯上的類型，但情況比想像中更糟。總之要去救她嗎？」

「不，再稍微看一下情況吧，或許她有辦法靠自己解決。」

「難不成這種事情已經發生很多次了？」

「嗯，這大概四、五次了吧。」

有時候宮前會直接打電話要我去接她，也有跟她一起參加酒會的女孩子致電到山女莊的老舊電話告訴我宮前有麻煩的情況。

「得讓她能靠自己想辦法才行，我不可能一直待在她身邊。」

「是呢。」

於是我們決定守望著宮前的情況。

「要不要去我家？一起坐在沙發上慢慢喝吧。」

其中一個男人這麼說道，但宮前用滿是醉意的表情搖了搖頭。

「我不去喔～」

「為什麼？」

「朋友說過，不可以隨便進去男人的房間。」

我事先這麼叮嚀過宮前。

做得好宮前，妳這不是很懂嗎。

「是嗎——我養的狗超可愛的喔，本來想讓小宮前也看看的說。」

「狗？好想看！我去我去！」

「喂，妳這也太好騙了吧。」我這麼想著。

但是——

「嗯——不行，果然還是不能去。」

宮前再次搖了搖頭。

「我跟桐島約好了嘛，所以不能在喝醉的時候去男人的房間。」

面對宮前的成長，我內心感到一陣暖意。

做得好，加油。就這麼踏出成為成熟女孩的第一步吧。我在心中替她加油。但是——

「小宮前，我們來比酒量吧。」

「這種喝法不太好喔～」

「可是小宮前，妳想交很多朋友吧？」

「對啊～」

「這是交朋友最好的方法喔？」

「咦？是這樣嗎？」

「大家都是比酒量才變成朋友的喔？妳不知道嗎？」

「是這樣啊……只有我不知道啊……那、那麼我也要比！」

喂～！怎麼可能有這種事啊！但我的心聲沒能傳達過去，他們開始比起了酒量。

宮前酒量很好，但男人們喝的只是裝在酒杯中的水而已。

「我已經醉得要命了～」

「感覺快輸了～」

男人們刻意地說著這種話。但是天真的宮前沒有發現，繼續喝了下去。

過了不久，宮前的身體開始搖搖晃晃了起來。

「我會～好好交到朋友的～」

她一邊說著這種話，一邊晃著腦袋。

今天很熱，宮前穿得很少。是一件T恤搭配吊帶短褲的打扮，白皙的大腿和手臂一覽無遺。

男人們將臉湊近醉得不省人事的宮前。

「好性感。」

「只要做了一次，她就對我們言聽計從了吧。」

「這個表情真讓人忍不住～」

感覺能聽見男人們吞口水的聲音，他們正打算觸碰宮前的身體。

「桐島學長，已經沒救了，天真遊戲結束了，快點去幫她吧！」

濱波這麼說著，我回答「說得也是」並站了起來。

宮前……

「妳還是跟平常沒兩樣嘛！」

◇

「桐島！桐島！」

我被宮前抱著走在夜晚的路上。

「不覺得距離感很奇怪嗎？」

聽濱波這麼說，貼在我身上的宮前不解地偏著頭。

「為什麼？我跟桐島可是朋友耶？」

「嗯？」

這下換濱波偏過了頭。

「宮前學姊，難不成我們對朋友的概念不一樣？是我搞錯了嗎？」

我在居酒屋走到宮前的桌子前叫住她，對她說「一起回去吧。」，於是宮前立刻回答「我要回去～」並站了起來。男人們原本還想說些什麼，但由於身穿簡便和服揹著胡弓的怪人突然出現，讓他們嚇了一跳。

我們就這樣離開了居酒屋，像這樣三人走在路上。

「桐島～桐島～」

喝得酩酊大醉的宮前緊緊地抱著我的手臂，胸部完全貼在我的身上。

「這果然不是朋友之間該做的事！」

濱波這麼說著。

「是我喝醉了嗎？這看起來跟朋友之間的好感有明顯的區別耶！」

「桐島～喜歡你～最喜歡你了～」

「說了！她剛剛說喜歡你了！濱波警察聽得一清二楚！」

「小濱波很囉唆咩。」

藉著醉意，宮前用方言這麼說道。

「這是作為朋友的喜歡的意思咩，咱不打算妨礙遠野跟桐島的關係喔。」

接著宮前轉頭看著我，用撒嬌般的語氣開口。

「吶，桐島，可以牽手嗎？」

「真矛盾！說的跟做的完全是兩回事！」

濱波發出慘叫，此時宮前像是想到些什麼的「啊」了一聲。

「小濱波，可以幫忙拍個照嗎？」

「咦？」

宮前將手機遞了過去，濱波照她說的打開相機對準。我和宮前頭靠在一起比出V字手勢，接著快門聲響起。

「那個，雖然拍是拍下來了，但這個留下來真的好嗎？這張照片該說是有種真實感嗎？感覺就像真正的情侶一樣……」

見濱波有些不安，我這麼說著。

「沒問題的。我跟宮前雖然是朋友，但偶爾會像這樣變成情侶。」

濱波的表情變得認真。

「久違地出現了讓人完全聽不懂的台詞耶。」

濱波「嘿咻、嘿咻」地做起熱身體操。

「可以請你再說一次嗎？」

「我跟宮前偶爾會變成情侶。而且，這件事也得到了遠野的允許。」

「原來如此。」

濱波轉動肩膀，「啊——啊——」地調整聲音，接著用今天最大的聲音開口。

「你、你、你這個大混蛋～！」

「不不，這是有內情的。」

我是個會從過去學習教訓的男人，我並不打算重複高中時期的失敗。偶爾會變成情侶只是一種語言修飾。正確來說，是偶爾拍一些像是情侶的照片而已。

宮前是由她的祖母由香里女士撫養長大的，而那位由香里女士最近又住院了。她很清楚宮前是個傻傻的女孩子，一直非常擔心宮前會不會被奇怪的男人拐走，所以跟去九州探望時一樣，為了讓由香里女士放心，我才會繼續在照片上假裝是她的男朋友。

在得知情況之後，遠野也表示同意。

我向濱波說明了這件事。

「我們不會做除了拍照之外的事，所以沒問題的。」

「話是這麼說沒錯啦……」

「如果宮前能找到一個正經的男友我就不用這麼做了，她本人也對交男朋友非常有幹勁。」

雖然結果就是今晚的那件事。

「嗯～」

濱波皺起眉頭陷入沉思。

「嗯，成為大學生的桐島學長似乎也變成熟了，應該是不會出錯才對，不過——」

濱波看著搖搖晃晃地貼在我身上的宮前說著。

「做這種像是添加火藥的事情實在讓人不敢恭維呢。剛剛會說早坂學姊跟橘學姊或許不需要濱波警察，是因為她們懂得自制。可是，說到底那終究是自制。在她們的內心深處，是默默地藏著某種感情的。」

在聊著這些話題時，我們來到了T字路口。我跟宮前要往右邊，濱波則是左邊。

「那麼我要回自己的公寓了，請你不要跟那個幾乎沒有意識的人犯下錯誤喔。」

「我知道了啦。」

「那我先告辭了！」

濱波這麼說完就離開了。

我目送著她的背影揮著手。接著濱波在走了一段路之後，回過頭來指著我說。

「我已經給你忠告嘍！停止戰爭！不要讓京都變成爆炸中心！Ｐｅａｃｅ！」

◇

跟濱波道別之後，我跟宮前一起來到公園。這是因為宮前終於走不動，整個人倚靠在我身上的緣故。

我讓宮前坐在長椅上，從自動販賣機買來瓶裝水讓她喝下之後，她逐漸清醒了過來。

「咦？桐島？」

見到坐在旁邊的我，宮前不解地偏著頭。

「你為什麼會在這裡？」

「居然先問這個嗎～？」

接著她露出了沮喪的表情。

「我該不會又失敗了吧？」

「只有一點點啦。」

我說明了她被人灌酒，差點被帶回房間的事。

「明明看起來都是些好人的說……」

「宮前……」

她真的沒有看男人的眼光。

「雖然妳頻繁參加酒會或是聯誼，但其實不必這麼著急吧？」

「不行啦。如果我想跟桐島當朋友，就必須快點交到男朋友……找到喜歡的人才行，否則我……我……」

宮前說到這裡吸起鼻子。

「咦？難不成妳有喝酒會哭的習慣嗎？」

「嗚啊、嗚啊……嗚啊啊～！」

因為平時很會喝酒所以沒發現，但宮前是個一旦喝醉就非常麻煩的女孩子。

於是我暫時讓宮前繼續喝水，並不斷撫摸著她的背。

等宮前平復之後，我開口說道。

「來，差不多該回去了。」

「嗯。」

我們再次邁出步伐。

寧靜的夜晚道路上，秋天的蟲鳴聲迴響著。寺廟和日本建築的圍牆隨處可見，非常有情調。宮前老實地跟在離我三步左右的地方。

「吶，桐島。」

「嗯？」

「要是今天我跟那些人走了，會怎麼樣呢？」

「這個——」

我委婉地將那些男人在廁所說的話告訴了宮前。雖然刻意不說得太直接，但宮前似乎明白了。

「原來我的狀況這麼危險啊……」
「要是跟去的話就會被三人輪番羞辱呢。」宮前沮喪地說著。
「不過，桐島救了我呢。」
「不，該說我只是把妳帶離居酒屋而已。」
「桐島非常重視我呢。」
宮前害羞地低下了頭。
我們繼續沉默地走了一會兒，此時宮前開始用自己的手輕輕地觸碰我的手背，接著趁勢「嘿！」的一聲握住了我的手。
「喂！」
「我喝醉走不穩了，醉到走不了路！走不了啦～」
「知道了知道了，我知道了啦！」
宮前吵鬧了起來，我只好無奈地牽起她的手。
「是因為跌倒受傷就不好了，所以才牽手的喔。」
「嗯。」
這麼說著的宮前完全是撒嬌語氣，我想她的沒用女開關打開了吧。才想到這裡果然就正如我所料，她用雙手握住了我的手。
「桐島的手，好大好溫暖喔。」
宮前一邊這麼說，一邊將臉貼到簡便和服的袖子上。

「還有很香的味道。」

「那是線香的味道，最近我會在房間裡燒香。」

「桐島……桐島……桐島……」

她吐出濕潤的氣息，全身貼了上來。

「會幫助我的人只有桐島……願意保護我的人只有桐島一個。」

能感受到宮前因為酒精發熱的體溫，光看就能讓人心跳加速的標緻長相，以及從T恤下面挺起的雙峰，讓人不由自主地產生那方面的遐想。

「喂，宮前，這樣實在——」

就在要準備這麼說的時候，我發現了那些男人在居酒屋會那麼興奮的理由。

宮前穿著一種稱作「吊帶褲」或「工作褲」，尺寸很短的褲子。

由於掛在肩膀上，就算尺寸太大也不會脫落，但由於過於寬鬆，跟腹部之間的空隙很大。再加上T恤的長度很短，衣服內部一覽無遺。

能夠稍微窺見環繞在腰上的淡綠色內褲，以及她白皙的臀部。

「喂，宮前，那邊。就是因為妳太沒防備了。」

「咦？」

發現內褲從我手指的位置露出來之後，宮前頓時滿臉通紅地說著「這、這個是——」支支吾吾地從我身邊退開，連忙用雙手按住了衣服。

換作平時的話，宮前應該會說「禁止色色的事！」並且對我發脾氣。但今天的她沒有這麼做，而是盯著我的臉開口。

「桐島，你好像在害羞耶？」

「咦，不是——」

「桐島也對我的身體有那種想法呢……畢竟桐島也變得能夠做那種事了嘛。」

宮前停下了腳步，然後——

「如果是桐島的話，可以喔。」

她這麼說著，有些害羞地縮起身子，但依然放開了按住衣服的雙手，再次露出了淡綠色的內褲及白皙的肌膚。

「喂、喂，宮前。」

「前陣子也是桐島救了我對吧，就是接到一起參加聯誼的同系女孩聯絡的那次。」

「把山女莊的電話號碼當成緊急聯絡電話是怎樣啊。」

當我接到宮前情況緊急的消息趕往居酒屋時發現已經散場，四處找了一會兒之後發現被灌醉的宮前差點就被帶進了公共廁所。那個男人似乎在喝酒的時候，就說過想用宮前漂亮的臉龐跟櫻桃小嘴來做那種事。

「事後得知之後，我覺得非常討厭。自己不想被強迫做那種事。」

「可是——」宮前害羞地繼續說著。

「我又試著思考如果對象是桐島的話會怎麼樣。」

「為什麼要做這種思考實驗。」

「然後啊，我想如果對象是桐島的話就沒關係。就算被強硬對待我也能接受，覺得自己會為了想讓桐島滿足而拚命努力。」

滿臉通紅，渾身散發性感氛圍的宮前再次朝我靠近。

「如果是桐島的話沒關係的……想看就可以看……要摸也可以摸喔……如果是桐島，想做其他人試圖對我做的事情也可以喔……」

「宮前，妳還沒清醒吧。」

最近宮前經常動作溫柔地觸碰我，今晚她更是馬力十足，酒精果然很可怕。

「男人都想跟很多女人做那檔事，一般都想那麼做吧？」

「別老是接觸一些奇怪的情報啦。」

「桐島，剛剛害羞了……桐島也對我的身體有那方面的想法……」

這似乎是她的開關。

「可以喔。男人忍耐著很難受吧？我來幫你做吧？畢竟桐島是朋友嘛。只要是為了朋友，我什麼都願意做。」

「喂、喂——」

宮前抓住了我的手。

因為她說了奇怪的話，我也稍微想像了一下。像是把手伸進她的吊帶褲觸摸她淡綠色的內褲，或是讓她用嘴幫我做那種事，不過——

「就說不行啦！」

我甩開了宮前的手。

雖然這是為了壓抑內心萌生的邪念，但由於我聲音很大且轉過了身子，宮前似乎以為我生氣了，便用怯懦的聲音說著「對不起、對不起！」開始不停向我道歉。

「因為聽說朋友之間也有人會做出這種事，所以咱覺得自己也能跟桐島這麼做，對不起、對不起！」

雖然我很清楚世間也有這樣子的朋友關係——

「我不會再說這種話了，不要生氣，不要生氣！對不起、對不起、對不起～！」

宮前露出泫然欲泣的表情貼了上來，態度變得愈來愈怯懦。

「我沒生氣，沒生氣啦。」

我抓住宮前的雙肩這麼說著。

「可是我們的朋友關係不是那樣的吧？」

雖然有些人會隨便跟朋友發生那種關係，但至少宮前應該不會太輕鬆地看待那種行為才對，更何況——

「我有遠野了，這種事情我只會跟遠野做。」

「嗯，抱歉，我說了奇怪的話，對不起。我不會再說這種話，會乖乖照桐島說的做。」

宮前說完便從我身上退開。

接著我一邊走在路上，一邊跟宮前一起思考該如何安全地交到男朋友。目前暫時得出的結論，是在被邀請參加聯誼或酒會時不要立刻答應，把這件事帶回來跟遠野或山女莊的人商量，經過仔細篩選之後再參加。

雖然我們看人也沒那麼有眼光，但應該比宮前獨自作出判斷來得好。

「嗯，就這麼辦。」

宮前不停地點著頭。

「今天真對不起，喝醉後說了奇怪的話。」

當我把宮前送到櫻華廈的房間前時，她這麼對我說。

「我很清楚桐島有遠野在，我不打算妨礙你們。更重要的是，無論桐島還是遠野，都是我重要的朋友。」

宮前露出如同升起朝陽般的爽朗笑容說道。

「我啊，真的很期待十年後的約定。」

就是那個一起去種子島，一起看火箭升空的約定。

「所以我會非常珍惜跟大家之間的友誼。」

事情就是這樣。

宮前還是像這樣露出笑容比較好，我這麼想著。

在我懷著這種想法說出「掰掰。」準備離開的時候。

「等一下。」

宮前叫住了我。

「我一直想把這個送給你。」

宮前從包包裡拿出了一個小紙袋，並將它遞給我。

「這是什麼？」

「手錶。」

從紙袋的包裝來看，似乎相當高級。

「出門購物的時候，因為覺得很適合桐島就買了。不嫌棄的話就用吧。」

宮前用純真、並覺得我一定會收下的表情將紙袋遞了過來。

「呃，不是，像這種東西……」

我不知道該做何反應。到底該說什麼，或是怎麼說才好。正當我在思考該怎麼辦的時候。

隔壁房間的門打開了。

「怎麼了？」

出來的人當然是遠野，她穿著休閒的運動服。

遠野來回看著遞出紙袋的宮前和我。

「你們在做什麼？」

◇

我跟遠野一起洗澡。

我們一起泡在浴缸裡，維持著我從後面抱住遠野的姿勢。遠野喜歡縮起身子被我抱住的感覺。

一起睡覺的時候，她也會往下將臉貼在我胸前。這時如果像對孩子一樣抱住她，遠野就會露出很幸福的表情。

「話說回來，小栞她沒問題吧。」

遠野倚靠著我，濕潤的頭髮和被熱水溫熱的柔軟肌膚貼了上來。

「想交男朋友是很好，但我很擔心她會不會被奇怪的男人拐跑。」

宮前向我遞出手錶的時候，遠野剛好從隔壁走了出來。

『小栞，桐島又去救你了嗎。』

聽遠野這麼說，宮前很害羞地低下了頭。

『是桐島在居酒屋喝酒，咱為了不讓他被奇怪的女人找麻煩保護了他，把他帶回遠野身邊了咩。』

她這麼開著玩笑，接著說道『那麼，兩位要好好相處喔！』將我推向遠野，把紙袋塞進我簡便和服的袖子裡，回到了自己的房間去。

雖然除此之外沒發生其他特別的事，遠野雖然也露出一副「就像往常一樣呢」的表情，但似乎多少察覺到了什麼。

『桐島同學，那個，我希望你今天留下來。』

她忸忸怩怩地這麼說，進入房間之後也一樣。

「今晚……我想一起泡澡……」

因為她這麼說，我們現在正一起泡在浴缸裡。

「還有，小栞的品味太好了。」

遠野用後腦杓頂著我說。

「那麼時尚的錶，不適合桐島同學。」

「是啊。」

此時遠野沉默了一會兒。

「那個……你不會戴吧？」

「啊、嗯。不只手錶，前陣子收到的大衣我也不會穿。」

那是秋風乍起之際，宮前用同樣的方式送給我的。是一件設計很帥氣的立領大衣。

「我、我其實無所謂喔！」

遠野連忙這麼說著。

「畢竟這麼做是桐島同學的自由，我也知道小栞沒有其他意思……」

考慮到遠野的心情，我開了口。

「我穿的是簡便和服，跟宮前送的東西不搭。」

「是、是呢，就是說啊！」

「嗯，冬天我會穿半纏。」（註：半纏為日式鋪棉短外套。）

「再怎麼說只穿半纏應該很冷，我就來織一條能把桐島同學整個人捲起來的長圍巾吧！」

無論情況是什麼，看到男友收到其他女人的東西肯定會覺得不舒服吧。所以宮前無論給我多少東西，我都不會穿戴在身上。雖然心中覺得對不起宮前，但是，我首先必須關心遠野的感受。

「沒事的。」

我這麼說著撫摸遠野的頭。

洗完澡後，我們一起上床準備睡覺。在一個人住的單人床上依偎在一起，隨即如同往常一樣開始接吻跟擁抱。

我們逐漸有了興致，脫下彼此的衣服。

我撫摸著遠野的胸部，她那大到無法掌握的胸部比預料中更加柔軟，隨著我手的動作不斷改變形狀。遠野那被熱水溫熱的身體變得更加熾熱。

「桐島同學……」

遠野親吻我的肩膀和頸部，用渴望的眼神看著我。

我做好準備，慢慢進入了遠野的身體。

我們互相擁抱，水乳交融般地做著。

我跟遠野的關係非常良好。遠野有社團活動，我也致力於進行有埃里希風格的事情，但是只要有時間就會一起出門，或是去彼此的房間做料理，或是坐在一起用電視欣賞電影。也會像這樣身體交疊在一起。

不過，有個一直懸而未決的小問題，真的只有一點點——

「桐島同學……我喜歡你……」

遠野顫抖著身體，發出聲音。

「也、也從後面來……」

遠野雖然害羞，依然趴在床上。

「桐島同學，好厲害，啊、啊。」

水聲在房間裡響起，沾濕床單，遠野不停地呻吟著。

我很清楚。

遠野在做的時候，一般都會試著忍住聲音。但是她最近刻意不那麼做了。

即使害羞得滿臉通紅也依然讓身體做出反應，發出聲音地做著。

一定是對宮前有了某種感覺吧。就算是感情良好的朋友，如果對自己的男友非常有好感，就不能放著不管。

所以她才刻意發出聲音。

透過表示我是她的男友來進行牽制。

然後——

我知道宮前在隔壁房間，隔著牆壁一直聆聽著。

◇

說到京都的舊書市場，在夏天是很有名的。

有下鴨神社的糺之森舉行的下鴨納涼舊書祭。

不過秋天也有在百萬遍知恩寺舉行的舊書祭。

那天我走在百萬遍的道路上，前往秋天的舊書祭。

這是在上午的課程結束後，下午時發生的事。

我想找的是哲學書。以前我並不擅長哲學，但那是我的理解錯誤的緣故。哲學並非知識，而是理解在自己人生中發生的事，為了思考今後該怎麼做的實踐性手法。

毫無迷惘的事物不需要哲學，但在遇到困難時是必需的，就像我需要埃里希一樣。而我需要的還有很多。

尼采、康德、黑格爾、笛卡兒。

而且人也需要語言本身，也就是詩。

歌德、赫曼．赫塞、波赫士，還有披頭四。

我為了尋找這些東西前往舊書市場，但那種高尚的事情光想幾分鐘就覺得很麻煩。因為正值秋天，我便開始思考想去海邊釣秋刀魚，用炭火烤來吃之類的事。接著思緒轉來轉去，來到了遠野跟宮前的關係上。

表面上她們兩個還是跟以前一樣十分融洽。但是毫無疑問地，兩人的情誼之間刺著一根些微的小刺，一段小小的裂痕。

我們是經常在一起的同伴，像這種事情當然會擔心。不過，這件事完全還在可應付的範圍內，因為會變成這樣的理由非常簡單。

我在前往九州時感受到宮前對我的好感，而這種好感現在已經大過頭了。每當我因為擔心宮前的單純而出手幫助時，她對我的好感就會增加。這種循環已經形成，遠野對此變得有些不安。

但是宮前本身還是跟為了遠野主動抽身的時候一樣。她支持著我和遠野的感情，也有去交男朋友的動力。

只是她的想法跟行動有些落差。

不過，那一定也會隨著時間解決。

宮前應該也會找到其他喜歡的人才對。

現在我或許的確是她最信賴的人。不過，這主要是因為我是第一個跟她打成一片的男性。今後她會遇到各式各樣的男人，這種感覺也會逐漸變淡。

人要積極向前，締結新的戀情活下去。

愛是透過每天的努力來得到的東西，是一種給予他人愛的態度跟技術。並不需要命中註定的對象或特別的相遇。

就算不是我，宮前也能得到幸福。

當然，得到宮前這樣的女孩青睞，有種令人心癢的開心感。

但是，我已經不會對這種事情昏頭了。既能靜靜地替宮前的幸福祈禱，也能以朋友的身分幫助她。

只要宮前有了男朋友，刺在跟遠野之間關係上的微小尖刺立刻就會消失。

我只要讓遠野放心，幫宮前找個男朋友就好了。

這麼一來大家就能維持感情，在十年後去種子島看火箭升空。

沒有任何問題。所有人都不會受傷，能一直保持幸福。

我一邊想著京都版的桐島計畫，一邊來到舊書祭會場的神社境內入口，就在這個時候。

道路的另一端，一名拖著帶有滾輪的手提包走向神社的女孩走進了我的視野。見到她的模樣，一股既熟悉又寂寞，彷彿胸口被揪緊的痛楚襲擊了我。

時髦連身裙、黑色長髮，外加冷淡的表情。

我另一段青春的殘影。

是我無法忘懷的光芒。

橘同學。

第11話　停滯的時光

我跟變得有些成熟的橘同學一起走在神社境內的舊書祭會場。紅白相間的垂簾、堆滿推車的舊書，以及興致勃勃地拿著書的人們。

染上黃色的銀杏樹葉隨風飄舞。

跟橘同學一起待在京都有種不可思議的感覺，過去和現在交織在一起。

但我認為秋天的京都，非常適合有著寧靜氣息的橘同學。

我們一句話都不說，默默地側眼看著舊書漫步著。

雖然我們臉上都不知為何掛著哀傷的氛圍，但這樣的重逢本身已變得平淡無奇。

我看著從道路對面走來的橘同學停下了腳步，橘同學也看著我停下步伐。

我試圖開口，但不知道該說些什麼便沉默了下來，不過最後還是勉強發出了聲音。

「橘同學——」

光是呼喚她的名字就已經拚盡了全力。

橘同學注視著我一會兒，接著用掛在脖子上的白板寫起字來。

『你是誰？』

「呃，我是桐島。」

『眼鏡呢？』

「上大學之後我就戴隱形眼鏡了。咦？妳該不會是用眼鏡來認識我的吧？」

看來橘同學並不覺得穿簡便和服揹著胡弓的桐島京都風格很帥。

她不時會看著我，露出一副欲言又止的表情。

為什麼呢，明明這麼傳統又正式的說……

「橘同學也來找舊書的嗎？」

聽我這麼問，橘同學興沖沖地在白板上寫了字。

『我以為會有漫畫。』

好像只是碰巧路過。

『司郎呢？』

「我來找哲學書。」

橘同學露出一副不感興趣的表情。看來她還是老樣子，不喜歡太過複雜的東西。

「看了就會覺得很有趣喔。」

我將附近推車上的哲學書籍拿給橘同學。

她立刻像個孩子般很不情願地搖了搖頭。

我隨即湧現出一股想惡作劇的心情，拿起橘同學在高中時期最討厭的數學相關書籍，將它推到橘同學的臉上。

『不需要，不需要！』

橘同學抗議似的舉起白板揮來揮去。

「抱歉抱歉。」

我開口道歉，並當場買了幾本書。

橘同學發現這裡沒有自己喜歡的書之後，進入了看著市集發呆的模式。

但她隨即發現了童書區域，便朝那裡走了過去。

『媽媽經常念給我聽。』

她將封面很可愛的繪本拿給我看，接著拿起另一本繪本，並在白板上寫了起來。

『這是以前妹妹喜歡的。』

橘同學對繪本似乎有許多回憶。她將繪本一本接一本地拿了起來，告訴我書上的有趣之處以及回憶。

但是途中她似乎覺得在白板上寫字很麻煩，便將它們扔進了手提包裡，然後拉著我的袖子展示繪本，並用手指在上面指來指去。

雖然不知道橘同學想表達什麼，但我感覺這對她來說一定既開心又溫暖，於是我也不停地點著頭回應。

橘同學只買了一本繪本，我想那一定是對她有特殊含意的書吧。

接下來我們漫無目的地在不停在神社境內走著。在舊書祭會場已經沒有事情好做了，但即使如此，我們依然繼續踏著步伐。

彼此都不知道該說些什麼才好。

我們沒有說出任何該說的話。
甚至連好久不見，或是至今都在做些什麼這種一般會說的話都沒講。
我認為像這樣並肩而行，對我們來說一定就像是在表示好久不見一樣吧。
橘同學完全失去了聲音，只能用白板來表達話語。我完全沒有觸及有關這件事的內容，也沒有問她為什麼要來京都。
不過，事到如今就算問這個又有什麼意義呢？
事實上，橘同學失去了聲音，而且出現在京都。
這就是一切。
然後——
橘同學拉著我的袖子，看來是想要離開神社境內了。我跟著她走了出去。
離開舊書祭會場的橘同學環顧四周，稍微想了想之後開始往前走。
目的地是鴨川的河畔。
橘同學身上的愉快氛圍消失了。
跟我面對面的橘同學看起來有些成熟，是個纖細又充滿虛幻氛圍的女孩子。
不知為何帶著寂寥氣氛的秋風吹彿在我們之間。
橘同學開了口。
「啊……嗚……」
她想要說些什麼。不是用白板，而是親口用自己的嘴巴說出來。但是她果然還是無法順利發出聲音。

「啊，嗚啊！」

她將雙手放在胸前，張大嘴巴想盡辦法想要說出話來，即使如此依然未能如願。

「啊，啊……啊！」

她不斷想要發出聲音。

橘同學的視線漸漸地因為不安開始游移，呼吸也急促了起來。她即使難受，依然努力想要擠出話語，可是卻辦不到。她的眼角開始浮現淚光。在淚光變成水滴，從她臉頰滑落之前──

我走向橘同學並抱住了她。

「什麼都不必說，不說也沒關係的。」

就算不看她嘴巴的動作，我也很清楚橘同學想說的話。

『對不起。』

橘同學就是為了說這句話，才來跟我見面的。

◇

橘同學在櫻華廈的房間還沒整理完行李，堆積著許多紙箱。大概是接下來才打算使用，因此一直放置到現在吧。

但是橘同學仍一副很自豪的模樣。

『我終於開始一個人住了。』

她站在廚房裡，把白板舉在頭上。

『我是有生活能力的！』

然後用電熱水壺燒開水，泡好了茶。

「生活能力？」

我抬頭看向天花板，上面甚至連日光燈都沒裝。

橘同學同樣抬頭往天花板一看，接著就這麼逃回了房間裡。房間裡有兩張椅子，她正坐在上面喝茶。

在鴨川河畔試圖發出聲音的橘同學當時陷入了恐慌，但現在已經平靜下來，不如說是很有精神。當然，她也有可能為了不讓我擔心而裝作很有精神。

『司郎住在哪裡？』

橘同學喝著茶，在白板上這麼寫著。

「山女莊，就是私人道路對面的破舊公寓一樓。」

聽我這麼回答，橘同學露出了有些尷尬的表情。

『我沒打算追得那麼緊……』

「我知道。」

她只是知道我升學的學校，在這附近租了間房子，結果碰巧住在對面。

大學似乎是從牧那裡聽說的。我雖然也沒有告訴牧，但畢竟要跟高中報告，想完全隱瞞是不可能的。順帶一提，因為我本人不想讓其他人知道，牧一開始並沒有說出來，但橘同學在人多的街頭用手摀住眼睛，隨便裝出被牧弄哭的樣子之後，他立刻就鬆了口。

「我覺得這樣不太好耶！」

『？』

橘同學假裝不解地偏著頭。

接下來我詢問了橘同學的近況，大致上跟我知道的一樣。

『高中退學之後，我立刻就開始念書了，而且非常拚命。』

橘同學露出認真的表情舉起白板。

我環顧房間內，因為還有許多行李沒有整理，完全沒有生活感。但唯獨電視跟遊戲主機已經設置完畢。

總而言之，橘同學考上了東京的藝術大學音樂系，然後為了音樂方面的活動來到京都。

「妳做的是哪方面的活動？」

聽我這麼問，橘同學慢慢地拿出手機播放影片讓我看。

雖然沒有拍到臉，但那是一個女孩子彈鋼琴的影片。內容是流行歌曲的改編版。纖細白皙的手指在琴鍵上自由地舞動著。

「難道說，在彈鋼琴的人是……」

『沒錯。』

橘同學點了點頭。

據說藝術大學的人從學生時期就會去做錄音室樂手之類的事，我本以為她也會做那方面的工作。然而，不僅如此，橘同學還成為了一個彈鋼琴的YouTuber。

她的影片列表上傳了像是流行歌曲、熱門電影的主題曲，以及動畫片頭曲等歌曲的鋼琴改編。

「而且還很成功……」

『耶！』

橘同學脖子上掛著白板，雙手比出V字手勢。

訂閱人數和影片播放次數都達到了知名頻道才能看到的數字。

『我想過了，成功的祕訣在於胸部。』

「胸部？」

『無論是製作塑膠模型還是釣魚的影片，只要是胸部很大的女生在做，播放量就會很多。』

橘同學似乎是抱著這種想法彈鋼琴的。她的影片的確沒有露臉，只有拍到鋼琴鍵盤、手指，以及胸部附近的部分。

『大家都來看我的胸部。』

她的表情十分自豪。

我仔細觀察著橘同學的胸部。她比起以前更有成熟韻味，那或許是因為穿著或外表的緣故。但是，唯獨胸部跟以前相比沒有變化。

察覺到我的視線之後，橘同學用雙手按住胸口轉過身子，噘起嘴巴看著我。

『連司郎都老是盯著我的胸部看。』

露出了這樣的表情。

看來橘同學是真心以為自己是靠胸部成功，並對此有了自信。

「是不是稍微有點自大了呢～」

在影片的留言區寫下「細膩的音樂觸動心弦」、「動人」、「我好感動」等內容的人們，肯定無法想像演奏者打從一開始就抱著用胸部來吸引注意的想法，而且還覺得自己是因此成功的吧。

無論如何，姑且不論這個反差，橘同學獲得了成功。而且她的活動邁入了新的階段。

『接下來不光是網路上，我打算也在眾人面前演奏。』

橘同學似乎接到了不少這方面的委託。

她在跟藝術大學的同學商量之後，得到了去參加看看也不錯的建議。

「嗯，比起胸部，外表絕對——」

此時我突然發現，橘同學活動時沒有使用本名。影片頻道的名稱是簡單的羅馬拼音名字。然後，這個頻道名稱我有印象。

「難不成，妳會在我的大學校慶上演奏？」

『會。』

橘同學點了點頭。

大學校慶的執行委員委託了橘同學在舞台上演奏。

『不光是司郎的大學，還會在其他許多地方演奏。』

橘同學選擇了大學校慶作為她的首次亮相活動。

接下來是大學校慶的季節，每間大學都會舉行校慶，尤其京都的大學很多，櫻華廈的位置挺不錯的。

「是嗎，橘同學也很努力呢。」

『嗯。』

「其實我也會在校慶登上舞台。」

『是這樣嗎？』

「是打和太鼓。」

『…………』

「最近演奏胡弓的技巧也更精進——咦？怎麼回事？為什麼要露出那麼失落的表情？」

橘同學迅速在白板上寫起字來。

『司郎，你究竟以什麼為目標啊？』

「我也不知道！」

在聊著這些話時，橘同學見到茶杯裡的茶已經淨空便為了燒熱水站起身，但這時她一個踉蹌失去平衡，差點跌倒在地。

我抱住了橘同學。

就在碰到她的瞬間。

不知為何，我腦中閃過高中社團教室的氣氛。

那個時候胸口感覺到的悸動，以及甚至會讓人感到疼痛的喜歡，都鮮明地復甦了。簡直就像停留在橘同學心中的事物流進了我體內一樣。

沒有生活感的房間，莫名寂寥的氣氛。

在鴨川河畔緊抱著橘同學的時候，她正處於恐慌狀態，因此我無暇顧及其他事情。但是現在，我能夠清楚感覺到她纖細的輪廓。

長長的睫毛、柔弱的身體、纖細的髮絲，以及有點低的體溫。

橘同學抬起頭，用她那如同玻璃珠般的瞳孔注視著我。

從感受和直覺上，我跟橘同學毫無疑問地有著很深的聯繫。能感覺現在接吻是非常自然的。照我跟橘同學的關係來看，這麼做就像是水由高往低處流一樣自然。

但是，我沒有這麼做。

橘同學暫時將頭倚靠在我的胸前，接著突然離開，將垂下來的頭髮撥到耳朵後面，在白板上寫字拿給我看。

『去見早坂同學吧。』

說是想要道歉，然後——

『這次我想好好面對。』

橘同學直視著我的雙眼非常清澈，她是個非常純真，如同清水般的女孩子。

我知道她的真實情況。

橘同學確實稍微變成熟了。在我不知道的時候經過時間洗禮，獲得了許多新事物。那是藝術大學的同伴，以及彈鋼琴的技巧。

但是，在戀愛這方面——

橘同學的時光是靜止的。

她仍持續停留在那段時光中。

而現在她想將它延續下去。

在我眼前的，並不是一個有品味，看起來很開心的藝大學生。

而是個十七歲，如同玻璃般易碎的女孩子。

◇

我們來到一間大型購物中心。

橘同學房間裡的廚房還沒有日光燈。不僅如此，餐具也不夠，冰箱裡什麼都沒有。

我稍微幫忙拆了一些紙箱，但裡面幾乎都是衣服。

「打包的人肯定是瑪麗．安東尼吧……」（註：熱愛打扮的法國皇后。）

聽我小聲地這麼說，橘同學變得滿臉通紅。

唯獨有個紙箱拿起來比衣服來得重，裡面還發出了堅硬的聲音。雖然期待裡面裝的是生活用品，但卻是專用手把之類，給高級玩家使用的遊戲周邊工具。

「橘同學……」

『我想應該是妹妹裝錯了。』

就是因為這樣，我們為了買齊橘同學的生活必需品才來到購物中心。

在家具量販店買了日光燈跟電鍋，去生活用品店買了廚房用海綿以及電磁爐等能輕易使用的調理工具。我在山女莊培養的生活智慧派上了用場。橘同學則是拿了香精和玩偶等東西。

橘同學用信用卡付了款，她好像透過影片賺了不少錢。她從錢包裡拿出一張閃著金色光芒的卡片，對我比出勝利手勢。

在逛購物中心的時候，我一直在想究竟什麼時候該把我跟遠野交往的事情告訴橘同學。是要鄭重地講出來，還是隨口提到呢。

因為想得太多，當我們並排躺在家具區擺放的床上時，我甚至想就這麼說出來。

不過，橘同學察覺我的神色有些不對勁。見到她偏著頭用純真的表情問我『怎麼了？』之後，我就什麼話都說不出來了。

在店裡逛的時候，我們的手好幾次互相碰觸，差點就這麼牽手了。我跟橘同學之間產生了一種旁人無法理解，只屬於我們兩人的特殊引力。

但是，橘同學立刻就移開了手。

『這樣對不起早坂同學。』

這就是她的理由。

橘同學的世界變得寬敞，不僅拍了彈鋼琴的影片，也接到許多演奏的委託，還有了跟山女莊居民完全不同意義上的，感情深厚的藝大同伴。

但是，她的內心依然留著如同少女般的部分。在那裡的人只有我和早坂同學。要把自己正在跟她們完全無關的女孩子交往的事告訴這樣的她，我認為是一件非常殘酷的事。我什麼都說不出來，只有時間靜靜流逝。

『真好吃呢。』

橘同學在白板上寫著。

在購物累了之後，我們來到美食街休息時，橘同學的臉頰像松鼠一樣鼓了起來。

『說到京都就是章魚燒。』

「硬要說的話應該是大阪吧。」

『嗯，原產地就是不一樣。』

「這間店好像是來自築地喔。」

『生氣。』

「抱歉抱歉。」

到頭來，我就這麼在不知該如何提起跟遠野之間關係的情況下結束了購物。

雖然時間很短，但我們一起度過了從舊書祭到現在的時光。在這段時間中，我了解到自己跟橘同學之間是不需要話語的。

當然，這並不代表我們能夠做出心電感應之類的事，但是在對方低頭或稍微不說話的瞬間，我們就能察覺對方的感情變化。

而且，那個時候也是這樣。

這是發生在買完東西，走在前往櫻華廈的小巷子裡時發生的事。

橘同學在一間小店前停下腳步，那是一間賣鐘錶和眼鏡的老舊店鋪。

她一副想說什麼似的看著我的臉。

『橘同學，我已經不戴眼鏡了——』

我沒能說出這句話。我不可能將自己已經向前邁進的事情，告訴對此一無所知的橘同學。

所以，我點了點頭，跟她一起走進店裡。

店裡有一種復古的氛圍，一名看起來很難相處的老爺爺正在看報紙。他先是看了我們一眼，隨後視線就回到了報紙上。

橘同學依序看著玻璃櫃裡的眼鏡，然後指著一副被稱為勞埃德眼鏡的圓框眼鏡。

看來是希望我戴上這個。

「不，那個，我——」

就在這個時候，看著報紙的老闆頭也不回地說了句「柯波帝」。

「楚門．柯波帝也喜歡這個品牌的眼鏡。」

他是生活在美國古老美好時代的小說家，是《第凡內早餐》的作者。

不愧是他愛用的款式，價格也非常昂貴。不過橘同學似乎很中意，再次打算拿出信用卡。

「橘同學，這個——」

我制止了橘同學的手。

「……我自己買吧。」

回家路上，橘同學露出了有些擔心的表情。
『司郎，沒關係嗎？』
「嗯，雖然是一筆不小的開銷，但我房間有種豆苗跟豆芽菜。」
眼鏡是老闆現場裝上鏡片的。當把眼鏡遞給我時，橘同學的表情十分滿足。
『你不戴嗎？』
橘同學一邊走著，一邊舉起白板。
我將眼鏡裝進眼鏡盒，收進了手提包裡。
「畢竟我還戴著隱形眼鏡……」
『扔掉不就好了。』
「真是激進耶～」
我很清楚要是戴上眼鏡橘同學就會高興。但這麼做雖然很溫柔，同時也很過分。要說為什麼，因為這個世界並不是只有我跟橘同學兩個人。
如果就這麼回到房間，我們一定會一起裝好日光燈，擺好生活用品，然後一起做晚餐談笑著享用吧。
但是，這種溫柔的時光不能再繼續下去了。所以我開了口。
「橘同學──」
我們來到了山女莊和櫻華夏之間的私人道路上。
我停下腳步轉頭看著橘同學，正當我準備繼續說出「我有話要說」的時候──

『早坂同學在海邊的城鎮。』

她似乎也是從牧那裡得知的。

『放完行李就去見她吧。』

橘同學筆直地注視著我。

『我想好好處理跟早坂同學之間的事。』

『不能再跟高中時一樣了。』她這麼寫著。

『如果早坂同學不肯原諒我，那也沒關係。到時候我會放棄司郎。畢竟我對大家做了過分的事，如果是早坂同學的話，我願意。』

橘同學的喜歡之情還維持著當時的樣子，似乎也覺得我和早坂同學當然也是一樣。是個純真且純情，持續懷抱著初戀心情的女孩子。

我對我們之間的時間產生差異這件事感到悲傷。

「不過，早坂同學或許已經不把我當回事了也說不定。」

見我難受地這麼說，橘同學皺起了眉頭。

『不可能的。』

『我看得出來。』橘同學表示。

『早坂同學的心情不是那麼隨便的東西。』

橘同學相信著那時候的我和早坂同學。

她未曾想像過，我會跟除了橘同學及早坂同學之外，完全無關的其他人交往。

把這件事說出來，就像是要破壞橘同學純真的世界一樣。

但是，必須要說。要在這裡說出來才對。我抱持這種想法開了口。

「我有件事情必須告訴橘同學。」

橘同學的直覺很敏銳。她立刻就察覺這是件不好的事，露出了困惑的表情。

她的表情就像忘了怎麼回家的迷路小狗一樣。

即使失去了語言，橘同學依然相信著我。

我覺得很抱歉。我很想跟橘同學一起整理房間，然後為了去見早坂同學，兩人一起搭上電車前往海邊的城鎮。那肯定會是一場充滿青春的懷舊氛圍的美好旅程。

但是，選擇了不停留在過去的我，不能這麼做。

所以。

我打算說出事實——

就在這個時候。

「桐島同學～」

馬路的方向傳來聲音。

「啊，這不是橘同學嗎。」

是遠野。她走到我們身邊，來回看著我和橘同學。接著看向我手上的行李，露出了恍然大悟的表情。

「橘同學，妳終於要開始在京都活動了呢。然後在提著沉重行李的時候得到了桐島同學的幫助，原來如此原來如此。」

看來遠野是這麼解讀的。

橘同學顯得很困惑，為什麼住在隔壁房間的遠野會跟我認識。

遠野察覺了她的疑問，於是挽住我的手臂說道。

「這位桐島同學是我的男朋友。不知道是咖哩雞還是埃里希，總之他想做些能幫助他人的事情，所以他應該也會幫助橘同學才對，有什麼困難請儘管跟他說吧！」

橘同學起初露出了茫然的表情。

應該是無法理解究竟發生了什麼事，以及遠野在說什麼吧。

但隨後她開始理解，臉上漸漸失去了表情。

接著，那如同玻璃珠般的眼眸開始搖晃。

橘同學感覺會這麼癱倒在地。

但是，這件事並沒有發生。

大概是跟遠野約好要一起玩了吧。

「橘同學？妳來京都了啊？」

早坂同學從遠野身後走了出來。接著假裝偶遇，像是對重逢很開心似的抱住了橘同學。

「能再見到妳真令人開心！」

早坂同學一邊這麼說，一邊為了不讓我們看見橘同學的表情，將她的頭抱在自己肩上。

「我們是同一所高中的，很久沒見面了。我想稍微跟她兩個人單獨聊一下，沒關係吧？」

「那當然！」

遠野對兩人認識的事情似乎感到很開心，大概是覺得人際關係連繫在一起了吧。

「請兩位儘管聊！不必在意我！」

「嗯，謝謝妳。」

早坂同學帶著橘同學離開了現場。

她一開始就是為了這個目的才來京都的。

第11・5話 早坂茜

早坂茜在床上緊抱著橘光里。

地點在海邊的城鎮，茜的公寓房間裡。

茜將在櫻華廈前受到震撼的光里帶了過來。她是開車前往京都的，於是很快地讓光里坐上了副駕駛座。

『感覺回憶會聊很久，今天可能無法一起玩了。』

遠野同學，抱歉我說了謊。

茜一邊這麼想，一邊對遠野傳了簡訊。

就算車子開始行駛後，光里仍是一副毫無生氣的表情，眼神也顯得十分渙散。茜對她說了各式各樣的話。

「橘同學穿的連身裙真時髦呢。」「妳渴了嗎？要不要去便利商店？」「昨天因為睡過頭，頭髮沒整理就去上課了呢～」

光里眼神空洞，不發一語。

但是過了一會兒，她用掛在脖子上的白板寫下了字。

『車子真可愛呢。』

對此，茜笑著說：「對吧？」

「好～要上高速公路了喔～！」

接著她們愉快地開車前往海邊的城鎮，並且在車上報告了彼此的近況。

茜過著平穩的校園生活，光里則一邊去藝大上課，一邊讓拍影片的活動步上了軌道。

抵達海邊城鎮時太陽已經下山，茜帶著光里前往當地漁夫開設的海鮮丼餐廳。

「要多吃一點喔～！」

『開吃！』

兩人在離開店裡之後去了超市，買了很多酒。接著回到房間一罐接一罐地喝了起來。

喝著喝著，兩人不知為何開始抱怨起高中時期對彼此的不滿。

「小光里啊～」

茜眼神渙散地說著。

「好狡猾！是個大小姐、還是初戀，又裝出一副高雅的樣子。」

『啊？』

光里也醉得滿臉通紅，在白板上寫字。

『小茜才比較狡猾！總是立刻用上妳下流的身體！』

「下、下流！真是的～我生氣了！」

在兩人一邊扭打在一起，一邊不停喝著酒的期間，夜晚越發深沉。於是她們洗好澡刷好牙，一起躺在床上。

關燈之後，先前的開心氣氛也就此消失。

兩人在寧靜之中醒酒後，回到了現實。

茜閉上眼睛打算睡覺。過了一會兒之後，光里哭了起來。茜緊抱住光里，撫摸著她的背，但是光里仍一直哭個不停。

大約一個小時之後，光里哭累了，房間安靜下來。

茜打開電燈扶起光里，倒了杯水讓她喝。

喝完水之後，光里再次露出一副快要哭出來的表情，無精打采地在白板上寫了字。

『我是個笨蛋。』

只有一個人還留在那裡。擅自相信大家還會留在那裡，獨自守著回憶。明明大家都已經向前邁進了——

文字中充滿了這樣的感情。

「橘同學不是笨蛋。」

茜再次抱住了光里。

「笨的是桐島同學。」

光里吸了吸鼻子，從茜身上離開，再次在白板上寫了起來。

『早坂同學沒關係嗎？』

對她的這句話，小茜只是不停地露出為難的笑容。

「桐島同學是笨蛋，是個超級大混蛋喔。」

第12話 恐慌

炭爐裡的炭火發出了劈哩啪啦的聲響。

我們正在烤秋刀魚。

地點是山女莊跟櫻華廈之間的私人道路。由於夜晚天氣逐漸變冷，大家慢慢靠近炭爐，秋刀魚是白天在錦市場買的。

「那傢伙盯上秋刀魚了！」

濱波這麼說著。她視線前方樹叢的陰影裡有一隻貓。

「滾一邊去！吼——！」

濱波發出威嚇。雖然看起來很開心，但在開始吃秋刀魚之後，她露出一副奇怪的表情，偷偷地對我說話。

「這樣真的沒問題嗎？」

「妳指什麼？」

「成員啦！成員！」

圍著炭爐的除了平時在京都的成員，還有橘同學。

距離跟橘同學重逢的那天起，已經過了兩週左右。

從那天之後，我跟橘同學就沒有再次來往。

不過遠野很照顧橘同學，不停地邀請她。由於橘同學也住在櫻華廈，最近她變得像是成為我們的一員。

「現任跟前任女友同時出現，感覺很危險耶！」

濱波這麼說，但是——

「應該不會發生讓妳擔心的事情吧。」

「為什麼你敢這麼說？」

「橘同學或許已經對我，至少對現在的我沒興趣了。」

不戴眼鏡的桐島司郎，並不是橘同學所追求的我。

也許她已經感到失望了。

那一天，橘同學被早坂同學帶走，然後在那裡得知了一切吧。當她回來的時候，已經對我失去了興趣。

「橘同學的雙眼裡，應該沒有我的身影吧。」

幾天前，遠野找我去橘同學的房間幫忙組裝家具。即使是那個時候，橘同學對我的態度也是漠不關心、毫無感情，就算對上眼也沒有任何反應，像個陌生人一樣。對我沒有任何可以稱作親暱的態度。

我真的只有組裝家具，而橘同學跟遠野兩人聊得很開心。

像是不太熟悉的，女友的朋友。

就是這種距離感。

「確實從剛剛開始，橘學姊就完全沒有跟桐島學長交流。因為太自然了，我完全沒發現……」

經常有人說喜歡的相反就是毫不關心。

在橘同學面前，我簡直就像個透明人，或該說是隔著一層玻璃。

剛才也是，當時橘同學手上拿著蘿蔔泥東張西望，我把醬油遞了過去，但她絲毫不看我一眼，而是指著遠野手上的柚子醋並接了過來。

「嗯～確實，如果橘學姊對桐島學長失去興趣就不會起爭執，那樣子也挺好的就是了。」

當我們聊著這些話的時候，宮前從另一邊湊了過來。

「來拍今天的份吧。」

她是指為了讓住院的奶奶放心，偽裝成情侶拍的照片。

宮前拿著手機，用自拍的方式拍下我們兩個感情融洽地享用秋刀魚的照片。

「傳給奶奶吧～」

她在照片上用彩色文字寫上了『秋刀魚約會！』的字樣，按下了發送鈕。接著宮前笑嘻嘻地看著我跟她並肩靠在一起啃著秋刀魚的照片。

濱波注視著宮前的那副模樣，接著看向遠野跟橘同學，然後細聲地在我耳邊發出慘叫。

「可是就我看來！桐島學長看起來果然只像是不停地把炸藥綁在自己身上！」

「妳還是老樣子很亢奮呢。」

看來濱波基本上非常擔心遠野跟橘同學的關係會鬧得很僵，因為遠野是我的現任女友，橘同學則是以前的女友。

但是，她們處得很融洽。兩人組成了柚子醋派，正開心地聊著天。

「下週橘同學終於要第一次登台了呢～」

橘同學比出了勝利手勢。

「我那天有比賽去不了，但是橘同學登台演出的校慶還有很多場，有空時我一定會去看的。」

聽她這麼說，橘同學像是表示感謝一樣，將比著勝利手勢的手指如同螃蟹般動了幾下。

看來橘同學不打算提起以前的事，遠野好像也很喜歡她，兩人之間的氛圍就像一對好朋友。

現場也準備了用來配秋刀魚的啤酒。大家有點醉了，心情很好。

但是，衝突還是發生了。而且組合很令人意外。

「我看不慣橘同學。」

單手拿著啤酒罐，眼神有些呆滯的宮前這麼說著。

『哦？』

橘同學也一樣單手拿著啤酒罐，用有點醉意的表情瞪著宮前，一副要吵架我奉陪的樣子在白板上寫字。

「從剛剛就老是只吃秋刀魚，完全不碰鯰魚。」

宮前這麼說道。因為只吃秋刀魚有點貴，於是我將釣來的鯰魚也一起放網子上烤。可是，橘同學絕對不碰牠們。

「不光是今晚。橘同學完全不肯吃桐島釣的魚對吧？」

確實如此。

橘同學雖然已經參加過很多次這種烤魚會，但她從來不吃我釣的魚，而是只吃一起烤的蔬菜。

「好了好了。」

遠野安撫著宮前。

「每個人都有自己的喜好。」

但是宮前仍一副氣呼呼的模樣，大聲說著：「不只是這樣唷！」

「剛剛桐島要拿醬油給妳，妳卻無視了！」

『？？？』

橘同學裝起傻來，對此宮前發了火。

「橘同學，妳是不是有點太不把桐島當一回事了？」

在宮前眼裡，橘同學對我不屑一顧，而她無法容忍這種事。

「前陣子在桐島開始拉胡弓的時候，妳就回房間去了吧？」

「宮前，我很高興妳替我講話——」

「確實，拉胡弓之類的會讓人懷疑品味沒錯？」

「嗯？」

「拉的曲子也莫名其妙。」

「喂。」

「雖然我也想吃完飯立刻就回房間。」

「難不成妳是對我說的？只是假裝對橘同學抱怨來對我發洩平時的不滿嗎？」

「可是，朋友在演奏的話，不是就應該聽嗎？」

宮前用筷子夾起烤網上的烤鯰魚。

「還有這個鯰魚雖然算不上好吃，但是這附近釣到的勉強能夠下肚，就算味道有點不知道該做何反應，但這可是桐島為了我們釣來的耶！」

「宮前，妳果然對我很有意見吧！」

「別那麼高高在上，快點吃啦！」

宮前把筷子伸向橘同學。

橘同學不情願地搖搖頭，舉起了白板。

『我賺了很多錢，沒必要吃那種東西。』

「妳這個女人性格真差勁！」

宮前激動地想讓橘同學吃下鯰魚。

「喂，快點吃掉啦～！」

『嘎喔喔喔！』

兩個喝醉的女人吵鬧地爭論著。這時橘同學揮手甩開筷子，蒲燒的鯰魚掉到地上沾到了泥土。

「我不會原諒妳了唷！」

宮前伸手打算抓住橘同學。

「小栞，冷靜點。」

此時遠野介入了。

「橘同學也很可憐。用蒲燒料理的鯰魚雖然能用醬汁蓋過味道，但鯰魚比起鰻魚實在太有彈性，是不時會讓人有吃橡膠感覺的食物，強迫別人並不好喔。」

「連遠野也不站在我這邊嗎？」

宮前似乎對遠野袒護橘同學的事情感到不滿，語氣不善地對遠野說道：「為什麼妳要袒護橘同學呢？」

「男朋友可是被人隨便對待了耶？妳不覺得討厭嗎？如果換作是我看到男友被人當成傻瓜，絕對不會保持沉默的！」

「如果要以女友身分來說的話……」

此時遠野像是要保護橘同學一樣抱著她，有點難以啟齒地開了口。

「小栞假裝成桐島同學女友的事……什麼時候才會結束呢……」

場面瞬間變得冰冷。

這是因為遠野的話語莫名地有種真實感，宮前憤怒的情緒也瞬間冷卻了下來。

「對、對不起……」

宮前這麼說著低下了頭。見到她比預料中更消沉的模樣，遠野也連忙打起圓場。

「說、說出這種奇怪話的我才該道歉！那個，我的意思是希望小栞的奶奶能夠快點恢復健康……」

尷尬的沉默持續了幾秒。

打破沉默的是濱波。

「喔啊啊啊啊啊啊啊啊啊！」

她在發出奇怪的叫聲之後，開始咕嚕咕嚕地喝起啤酒。

「秋刀魚配上啤酒果然很棒！真好吃！」

福田也趁勢幫了腔。

「嗯，正是秋天的感覺啊。」

「我也想聽點音樂了！來點能炒熱氣氛的吧！快點啦～！」

見濱波這麼說著，大道寺學長不疾不徐地拿起馬頭琴，我也朝胡弓伸出手。

我們營造出平時烤魚會的氛圍。

遠野跟宮前都一副很愧疚的樣子縮起身體。

橘同學則是轉過頭，直接回房間去了。

◇

這天晚上，我睜開眼睛躺在被窩裡。月光從窗外照了進來，灑落在天花板上。

吃完秋刀魚散會之後，大道寺學長對我說。

「我們得認真幫宮前找個男朋友了。」

他果然注意到了。我們山女莊和櫻華廈感情融洽的同伴之間出現的問題，在今晚浮出了水面。

不過正如大道寺學長所說，這件事只要宮前交到男朋友就能解決。而且只要我對遠野一心一意，事情應該就不會太嚴重。

我一邊聽著外面傳來的蟲鳴，一邊想著橘同學的事。

橘同學在停滯的時間中一直相信著我，但得知實際上我已經不在那裡，肯定讓她很受傷吧。不僅失去了聲音，還遇到了這種事。

我內心有著想脫下簡便和服戴上眼鏡去見橘同學，對她說「不要緊的」的想法。

但是，我不能那麼做。

我已經有了遠野，讓時鐘的指針向前邁進了。事到如今我不可能背叛遠野。在我獨自關在山女莊狹窄的房間時，遠野毫無疑問拯救了我。所以，這樣就可以了。

就算被橘同學討厭、無視也沒關係。

可是——

為了以防萬一——

我離開被窩，穿上簡便和服跟木屐走到外面，然後繞到櫻華廈後面。

橘同學就站在垃圾場裡。

她一看到我就立刻皺起眉頭，露出一副「我已經不喜歡你了」的眼神。

但是，那實在太勉強了。

她腳邊的垃圾袋被打開，那是烤秋刀魚時收拾善後用的垃圾袋。而橘同學手上拿著的，是掉在地上的那片蒲燒鯰魚。

橘同學打算離開，而我抓住了她的手。

「要回房間是無所謂，但把那個扔掉吧。」

但是橘同學沒有回答，而是用力擺手想要甩開我，完全不打算扔掉蒲燒鯰魚。

到頭來，橘同學並不是如同宮前所說的那種討人厭的女孩子。

「妳是為了想被我討厭，才刻意擺出那種態度的吧。」

看到掉在地上的魚片，其實她非常難過。所以才會像這樣半夜跑出來打算吃掉。

「～～～！～～～！」

橘同學彷彿在說「放開我」掙扎了起來。

如果放開她就會吃掉魚片，這麼一來會對她登台造成影響不是好事，所以我搶過了橘同學手上的蒲燒鯰魚，直接放進嘴裡。只要我先吃掉就行了。

「～～～！～～～！」

橘同學像是在說「吐出來」似的搥著我的胸口。

就在這個瞬間。

她瞪大眼睛愣在原地。

「橘同學，妳沒事吧？」

橘同學抱著頭當場蹲了下來。

起初我還不明白發生什麼事，但是我很快就察覺了。

橘同學在東京車站把我從樓梯上推了下去，這種罪惡感至今在她心中仍揮之不去。她因為打我回憶起那個瞬間，導致陷入了恐慌狀態。

橘同學雙眼無神地盯著空中不停地發著抖，最後又像是在道歉似的抓住了我。

我蹲了下來，緊緊地抱住這樣的她。

「沒事的，我已經不要緊了。橘同學不需要對任何事情道歉。」

隨後我帶著橘同學回到她的房間。這房間之前在遠野的幫助下，收拾得非常乾淨。

橘同學不停地哭泣著，但她即使在哭泣，依然發不出聲音。

過了一會兒，橘同學冷靜了下來。

她露出一副哭累了的表情舉起白板。

『我不想妨礙你跟遠野同學之間的感情。』

會希望被討厭，是因為不想被看到軟弱的一面，否則的話——

『司郎就會放不下我了。』

說得沒錯。

實際上，看到出現恐慌症狀的橘同學，我打從心底產生了想要整晚陪在她身邊的想法。當然，這麼做非常不好，橘同學也明白這一點。所以——

『校慶的季節結束之後，我就會搬離這裡。』

橘同學在白板上這麼寫著。

她收到許多大學的校慶邀請，最後一個行程是我就讀的大學。然後，在那個舞台結束後——

『我就不會再跟司郎見面了。』

這就是橘同學的決心。

「我明白了。」

我點了點頭。

這樣就好，應該就可以了吧。但是果然——

我無論怎麼看，橘同學都像一隻不知該如何回家的走失小狗一樣。

◇

『我不想妨礙你跟遠野同學之間的感情。』

正如橘同學的這句話，她一直跟我保持著距離。

橘同學走在百萬遍大道上，在哲學之道陷入沉思，而我只是遠遠地看著她。

在橘同學第一次前往大學校慶演奏的當天早上，我從窗戶眺望著私人道路。八點左右，橘同學拖著附有滾輪的包包從櫻華廈走了出來。她看起來並沒有特別緊張，還是一如往常的撲克臉。

我在心裡替她加油。

雖然不知道這究竟有多少意義。

帶著有點傷感的心情，我開始準備出門。因為秋意漸深只穿簡便和服有點冷，於是我披上了件羽織。當我穿好木屐來到外面時，宮前也在同一時間走出了櫻華廈。

「走吧。」

「嗯。」

我跟宮前騎著腳踏車前往南禪寺。

宮前變得很擅長騎腳踏車。跟需要我撐著後貨架，一直吵吵鬧鬧的夏天那時相比，有了明顯的進步。

抵達南禪寺後，宮前用掛在脖子上的單眼數位相機開始拍攝南禪寺水路閣。那是一條明治時代建造的磚瓦水路，有著類似羅馬水道橋的氛圍，加上被染紅的楓葉當作背景，韻味十足。

「桐島，你覺得這張怎麼樣？」

宮前把拍好的照片拿給我看。

「非常漂亮喔。」

「嗯，畢竟桐島不怎麼有品味，就算被稱讚也有點那個呢。」

「那為什麼要帶我來啊？」

「也用那個角度拍拍看吧！」

本日的埃里希活動是陪宮前拍照，由我對宮前拍攝的照片發表感想，以及提供像是「拍那個怎麼樣」、「更靠近一點或許印象會不同」等想到的建議。

宮前參加的攝影社似乎要在校慶上舉辦攝影展，因此要拍攝作品。

「我很喜歡蹴上傾斜鐵道的廢棄鐵軌。」

「嗯，我去拍！」

她在蹴上傾斜鐵道蹲了下來，用鐵軌向天空延伸的構圖拍了照片。

「真是有熱忱呢。」

「嗯。」

宮前看著拍下的照片說道。

「我以前什麼都不懂。」

好像是在攝影社開始認真拍攝之後才發現的。

「即使是同樣的東西也能拍攝出完全不同的感覺，像是構圖、角度等，包含了很多技術。這方面就算完全不懂的人也能看出來，我拍得很差。」

「宮前還是新手，這是沒辦法的吧。」

「不，問題不在那裡。」

而是更根本的地方，她這麼說著。

「無論是攝影還是其他事情，我都只抱持著用它們來交朋友的想法。但是，大家對攝影都很認真，所以我什麼都不懂、非常膚淺，就產生了差距。」

宮前垂頭喪氣地說著。

「沒什麼關係吧。」

我說。

「我認為因為想跟人建立聯繫開始做某件事是非常好的，畢竟人沒辦法獨自活下去。」

電影和小說也被很多人拿來當交流工具。用「你看過那個吧？」來製造話題。

「以那個為契機開始拍照，而現在也開始追尋這件事的本質，這樣不就夠了嗎。」

「嗯，是啊，就是說啊。」

宮前的表情變得開朗。

「桐島，謝謝你。」

照片大致拍完，我們無所事事地沿著廢棄鐵軌行走著。當我正想說「回去吧。」的時候，宮前小心翼翼地對我說著。

「我可以拍今天的份嗎？」

「嗯。」

看見我點了點頭，宮前露出害羞表情挽住我的手臂，接著用手機拍下了一直都會傳給奶奶的照片。上面寫著鐵路約會。

「這件事也差不多該停止了，畢竟跟遠野之間變得有點尷尬。」

「是啊。」

「我會好好找個男朋友，畢竟我不想妨礙你們兩個人嘛。」

她一邊這麼說，一邊抱住我的手臂，用情侶般的方式牽著手。

「嗯？」

「不會再依賴桐島，也會從怕寂寞的女孩子畢業。」

宮前進一步把臉貼了上來。

「總覺得妳說的跟做的不太一樣耶。」

「吶，桐島，如果先遇到你的人是我……你覺得我們會變成那種關係嗎？」

「喂。」

「桐島……」

宮前滿臉通紅地想要抱住我。

「我、我說！」

「開玩笑的咩。」

宮前猛然從我身上退開。

「只是在捉弄你。」

她這麼說著，快步走了起來。

「可是，不用這麼冷淡也可以吧，桐島這個笨蛋～！」

並像小孩子一樣做了個鬼臉。

「反正你接下來要去看遠野的比賽吧。」

正是如此。下午有遠野的比賽，我跟她約好要去加油。

「遠野稍微叮嚀了我。」

宮前有事先好好跟遠野說過上午要跟我出門，但是當時遠野似乎說因為我下午約好要去幫她的比賽加油，所以希望宮前不要留我太久。

「她用一副非常難以啟齒的樣子，委婉地說希望我不要太纏著桐島。」

「遠野也說希望我今天過去看。」

當然，遠野的語氣不會那麼強硬，而是用拘謹地的感覺說著：「如果可以請過來看。」不過，她有說明這是一場強力隊伍間的對決。

「我反省了。」

宮前開口說著。

「不該讓遠野露出那種表情，說出那種話的。」

所以——

「我不打算繼續黏著桐島了，今天你就好好地去遠野那裡吧。畢竟要是被當成壞人很討厭嘛。」

宮前這麼說著露出笑容。

我也不想讓遠野擔心，所以本來就打算去找她。

「宮前接下來有什麼打算？」

「我想想，要不要去看橘同學的演奏呢？」

宮前操作手機調查了起來。

「因為前陣子我們像是吵了一架，我想跟她和好。而且拍攝其他大學的校慶照片似乎也很有趣。」

「不過——」宮前此時板起了臉。

「我果然還是不能原諒她對桐島那麼隨便！」

「喂喂。」

「不過我畢竟不是你的女朋友，所以不能多說什麼。」

宮前說著低下了頭。

「不過，如果我是桐島的女朋友……絕對不會原諒這種事……也會更加重視、盡心盡力地對待桐島……只要是桐島的希望，我什麼都願意做……不會只顧著讓自己開心……也會努力讓桐島覺得高興……如果我是桐島的女朋友，是女朋友的話……」

說到這裡，她露出像是發現了什麼的表情。

「開、開玩笑的，剛剛那些也只是在捉弄你而已！」

宮前這麼說著，像是要蒙混過去似的繼續操作手機。

接著表情變得認真。

「怎麼了？」

「那女孩不要緊吧？」

宮前的手機上顯示著橘同學的社交帳號。就在剛剛，她上傳了一張車站招牌的照片，上面寫著「不知該怎麼換線」。

「她把丹波口跟丹波橋搞錯了……」

橘同學在不熟悉的京都迷了路。

◇

我跟宮前一起坐在大學校園內布置的戶外舞台觀眾席上。

這裡既不是我的大學，也不是宮前就讀的大學，而是橘同學受邀參加的大學校慶。

結果，我跟宮前要她留在原地等待，我們一起去接她。當抵達那裡之後，橘同學擺出一副很不情願的表情。起初她還用野狗般的眼神威嚇我，但畢竟不能遲到，最後還是老實地跟了過來。

我跟宮前把她送到大學，然後順便去逛了校慶，也打算留下來聆聽橘同學的演奏。

「每間大學的氛圍都不一樣呢。」

「是啊～」

我們一邊閒聊，一邊一起享用在攤位上買來的小型蜂蜜蛋糕。輕音社和落語社接連在舞台上進行樂團演奏以及表演落語。（註：落語為類似單口相聲的日本傳統表演藝術。）

「桐島，時間沒問題嗎？」

「嗯。」

根據計算，就算聽完橘同學的演奏，也有足夠時間能去幫遠野的比賽加油。

「宮前真溫柔呢。」

「為什麼這麼說？」

「明明跟橘同學吵了架，卻還是會這樣擔心地送她過來。」

「這是因為……嗯，是呢。」

宮前說著。

「畢竟橘同學之前是能說話的……該說是如果有幫得上忙的地方就想幫忙嗎——」

聊著聊著，就快要輪到橘同學表演，觀眾也多了起來。至今目前為止觀眾大多都只有登台社團的親朋好友，看來橘同學拍影片的活動果然很成功。
她會用什麼打扮出現在舞台上，彈奏怎樣的曲子呢？
高中的時候，她會在舊音樂教室裡彈鋼琴。
我回想起她敲擊琴鍵的白皙手指。
從那個狹小的舊音樂教室走到了這一步。
等橘同學登上舞台，就帶著心意來鼓掌吧，我這麼想著。
可是——
「怎麼了？」
宮前露出不安的表情環顧四周。
明明早就過了上台時間，橘同學卻遲遲沒有出現。
漸漸地，觀眾也開始騷動起來。
一名看似執行委員，站在舞台邊的女孩衝進了附近的建築物裡。
我有不好的預感。
「宮前，妳在這裡等我。」
「咦，慢著，桐島——」
我離開現場，跑進舞台邊那名女孩子進入的建築。不出所料，她是大學祭的執行委員，正一臉凝重地在教室前跟幾個人交談著。
教室的門上貼著「休息室」的紙。

「不好意思，發生了什麼事嗎？」

當我表示自己是即將登台的女孩子的朋友之後，她將情況告訴了我。看來是橘同學沒有從房間裡走出來。因為沒有上鎖，她們看過裡面的情況，但據說橘同學實在不像是能夠演奏的樣子。

執行委員們非常頭痛。光是看過影片就邀請她演奏實在太過魯莽。既然已經變成那種狀況，就不能強迫她上台表演了。他們正對此感到困擾。

「我去跟她談談。」

我走到房門前對她說道：「橘同學，我要進來了。」裡頭雖然沒有回應，但我還是走了進去把門關上。

橘同學身上穿著連身裙，蹲在房間的角落裡。當我走近之後，她朝我看了一眼，表情像個害怕的小孩一樣。

「沒事吧。」

聽我這麼問，她雙手朝我伸了過來。

那雙手正微微地顫抖著。

為了讓顫抖停止，橘同學拍打、啃咬著自己的身體。但是，顫抖仍沒有停止。或許是對此感到更加不安，橘同學的顫抖加劇，露出一副快要哭出來的表情。

橘同學想要演奏，但是手卻顫抖個不停，陷入了恐慌。

我抱住了這樣的她，撫摸著她的背。

「沒問題，只是有點緊張而已，不要緊的。」

無論是在鴨川河畔，還是在櫻華廈的垃圾場，只要這麼做橘同學就會冷靜下來。但是，今天卻沒能奏效。她身體依然不停顫抖，或許是站上舞台的壓力所導致的。

「不用逞強也沒關係的，沒有人會責怪妳。」

我試著這麼說，但橘同學卻很不情願地搖著頭。

或許確實如此。明明就讀藝術大學，要接受無法登台演出的自己肯定非常難受吧。

而且橘同學已經接受了許多大學校慶的邀請，要是無法在此登台演出，就代表必須婉拒所有的邀請。

橘同學再次一邊吸著鼻子，一邊拚命地用手拍打自己的身體。

「對不起喔。」

我向她道歉。

高中的時候，橘同學是能在眾人面前演奏，甚至還參加了鋼琴比賽。現在之所以做不到，是因為她比起當時變得更為脆弱，而造成這一切的原因明顯是我。

所以──

「我喜歡妳，橘同學。」

我這麼說著，並吻了橘同學。

橘同學露出吃驚的表情，身體瞬間變得僵硬。但她很快就放鬆了下來，將輕薄的嘴唇貼了上來，接著輕輕咬住我的嘴唇。小巧的舌頭伸進我的嘴裡。她的舌頭有些冰冷，我更用力地緊抱住橘同學。

一切彷彿回到了高中時代。

當時的濕度跟胸口的疼痛。

對了，只要讓橘同學回到高中時代，她就一定能夠彈琴。

橘同學身體的顫抖逐漸平復。

我們就這麼吻了好幾次。

就在這個時候。

房門打開，有人走了進來。

我回過頭去。

站在那裡的人——

是宮前。大概是因為我遲遲沒回觀眾席，她基於擔心才來看看情況的吧。而她見到的，是我跟橘同學接吻的場景。

宮前既困惑又驚訝，一副不知該作何表情的樣子。

「你在幹嘛啊……」

她能說的只有這句話。

「桐島，你在做什麼啊！」

◇

我在舞台旁邊守望著橘同學的演奏。

橘同學熟練地彈奏著在製作的影片中播放量最高的曲子，而且就跟高中時一樣，她一露面就獲得了好評。觀眾之中有人驚訝地說著「好可愛～」，對此橘同學得意地擺出勝利手勢。

硬要說的話，看起來女性粉絲占了大多數。

演奏途中，橘同學用白板向觀眾傳達了訊息。

『今天試著為了大家穿上這樣的衣服。』

那是一件氣質靜謐，胸口有點敞開的連身裙。

橘同學一副得意洋洋的表情，身子稍微前傾送福利。對此觀眾雖然傳出了「好漂亮～」的聲音，並沒有橘同學期待的「胸部～！是胸部～！」的反應。這使她皺起了眉頭。

雖然舞台順利結束，但橘同學似乎消耗了很多體力，一走下舞台就立刻坐在地上。

我帶她回到休息室，再次不停地撫摸著她的後背。

已經趕不上遠野的比賽了。

◇

連續換乘幾班電車，抵達體育館所在的綜合運動公園時，時間已經是傍晚。由於選手們都離開了，現場飄盪著如同祭典結束般的寂寞氛圍。

遠野獨自一人坐在通往體育館的大樓梯上。

「對不起。」

我走過去跟她搭話。

「比賽呢？」

「……贏了。」

這麼說著的遠野看起來一點都不開心。她或許在比賽時反覆不斷地在觀眾中尋找我的身影。想到這裡，我心中湧現出一股扯了她後腿的愧疚情感。

「為什麼……」

遠野別開視線說道。

「為什麼遲到了呢？」

「這個──」

正當我說不出話來時，跟在身旁的宮前開了口。

「是我不好。」

「喂，妳在說什──」

「是我帶著他到處跑的。因為獨自一人拍照太寂寞了，一不小心就……」

「對不起。」宮前這麼道歉。

「是嗎。」

遠野一副有話想說卻又說不出口，在糾結了一會兒之後，最後還是說了出來。

「小栞，那個……請妳不要，再跟桐島同學假裝是情侶了……」

這麼說完之後，遠野露出了非常消沉的表情。

「嗯。」

宮前努力裝出開朗的表情點了點頭。

「遠野沒有錯喔，錯的人是我，有點撒嬌過頭了。」

遠野沉默了一會兒，最後說著「對不起」後站起身來。

「我還要參加慶功宴。」

並在說完之後快步離開了現場。

我轉頭看向宮前。

「為什麼要撒那種謊……」

「畢竟不可能把真相告訴遠野嘛。」

宮前不僅撞見我跟橘同學接吻，還見到了舞台結束後我們抱在一起的光景。

那段期間她一直露出一副有話想說的樣子，但是——

「肯定有某種理由吧？畢竟桐島不可能毫無意義作出那種事。」

「而且——」宮前繼續說著。

「我覺得自己就算被遠野討厭也無所謂。」

「咦？」

「因為那樣一來，我就能盡情喜歡桐島了吧？」

「喂、喂！」

「開玩笑的。」

宮前低下頭去，隱藏自己的表情說著「別那麼緊張嘛」。

「會隱瞞桐島跟橘同學的事，只是希望大家能繼續當朋友。畢竟桐島跟遠野鬧僵就不好了。真的，就只有這樣。」

就只有這樣而已——

她像是在說服自己似的這麼說道。

第13話 絕對不能露餡的山女莊

大學二年級的晚秋，我明顯面臨著一些問題。橘同學變得脆弱，宮前開始說些危險的發言。

我是桐島埃里希，我想成為她們的力量，而不是拋棄她們。

橘同學希望能讓在各個大學校慶上演奏成功，而且我也知道該怎麼幫助她。只要讓她的精神狀態回到高中時期就行了。但要是知道我必須為此跟在橘同學身邊擁抱並親吻她的話，遠野肯定不會答應。

宮前則是想維持平時成員的友情。包含跟遠野的關係在內，她認為只要自己交到男朋友，一切都會順利落幕。但我還不清楚這是否真的是她的願望，以及最終究竟能不能夠解決。

除此之外還有一個問題。

就是福田對早坂的戀慕之情。

不過這應該沒那麼難處理才對。

早坂同學說過自己正積極尋找新的戀情，而我又有了遠野。所以只要全力協助福田就行了，非常單純。

確實，我和早坂同學還有一些仍未處理的過去以及沒有說出口的情感。

但是，無論是我還是早坂同學都已經調適好心情了。仔細想想，要幫他們的戀情助攻是完全沒問題的。

測試的機會很快就來了。

是發生在某個週末的事。

早坂同學終於決定參加在山女莊和櫻華廈之間私人道路舉辦的烤魚大會。因為她在約好跟遠野一起玩的那天，帶著橘同學回到了海邊的城鎮。這是那件事情的彌補。

邀請她參加烤魚會有兩個好處，一是可以用福田釣到的魚來向早坂同學示好，另外一點則是可以喝酒。

早坂同學應該會考慮到要喝酒而搭電車來吧，不過——

「有時候會因為喝醉錯過末班車，這就是大學生的宇宙。」

大道寺學長在事前的作戰會議上這麼說。

「回不了家，那麼該怎麼辦？只能找地方住了。而在那個時候，身邊的男人正好是既溫柔又紳士的福田，就是這樣的計畫。」

「趕得上末班車嗎？」這句話是當天的禁句。

「當然，要是早坂同學有絲毫猶豫的話，我會請她住在我房間喔。」

遠野這麼說著，於是就決定採用這個作戰。

意思是要尊重早坂同學的意願。我的職責就是炒熱氣氛到讓早坂同學忘了末班車，並且講述福田的優點，讓早坂同學覺得即使住在他房間也無所謂。想要展現自己的優點比起自己開口，讓其他人來說比較有效果，心理學上稱之為溫莎效應。

身為桐島埃里希的我，發誓要助福田一臂之力。

應該沒有任何猶豫跟妨礙才對。

但是——

那天，我在被窩裡聽著他們從窗外傳來的聲音。

受到溫差影響，我立刻就感冒了。因為頭痛跟發燒，從早上我就確定缺席。

到了傍晚，早坂同學好像來了，外面傳來了匆忙的氣息。

「桐島同學就好好休息吧。」

遠野在我的額頭上貼了退熱貼，接著拿起放在房間裡的木炭，興匆匆地走了出去。

過沒多久，窗外傳來了大家的說話聲。聲音隨著時間逐漸帶著愉快的氣氛，其中也包含了早坂同學的聲音。

為了讓早坂同學吃到新鮮美味的食物，福田一大早就去溪邊釣魚了。

溪釣十分困難，福田也借走了我的釣竿。這是想透過增加竿數來設法提升釣魚的成功率。

「畢竟我能做的只有這些。」

福田靦腆地說，真是個誠意十足的男人。

而福田釣到的魚似乎發揮了很大的作用。

「早坂同學真厲害～！」「真好吃耶。」

遠野跟宮前的聲音傳了過來，基本上我們都只用鹽烤或油炸的方式處理。

不過早坂同學會做料理，她大概是跟夏天時的海邊一樣展現了這方面的才藝吧。

福田釣到的魚被早坂同學做成了美味的料理。

共同作業能夠拉近兩人之間的距離。

如果依照作戰計畫，早坂同學錯過了末班車會怎麼樣呢？

早坂同學會去福田的房間嗎？早坂同學對福田並沒有抱持著強烈的戀慕之情，但的確有好感。早坂同學已經是個大人了，也對新戀情很積極。所以為了確認自己的好感，去福田同學的房間是非常有可能的。

我開始想像。

躺在被窩裡，早坂同學和福田的聲音隔著山女莊薄薄的牆壁傳了過來。我因為感冒動彈不得，只能持續聽著他們的聲音。夜晚也逐漸深沉，聊天的聲音漸漸消失，有種沉靜的氛圍傳了過來——

此時頭痛加劇，我停止了想像。

這一定是件值得祝福的事。福田的戀情開花結果，早坂同學也向前邁進。

但或許是感冒的緣故，我的心情變得有些陰沉。

接著我迷迷糊糊地作了個夢。

夢中早坂同學被不知名的男人撫摸著身體。她的衣服被脫掉，柔軟、敏感又容易濕潤的身體被玩弄著。於是早坂同學喜歡上了對方，我必須看著這一切。

我試圖接受這件事。因為跟遠野交往，早坂同學展開新的戀情就是這麼回事。

但是，在夢裡的我還是高中生的模樣。

所以我請求男人別那麼做。

我看著過去的自己。雖然覺得很丟臉，覺得那都已經過去了，但內心卻愈來愈痛苦。

醒來時渾身都是汗水，我喘了口氣撐起身子。這時候，有人從旁邊遞了杯水過來。

「謝謝。」

我說著喝了一口水。

大概是遠野來觀察我的情況了吧，我這麼想著。但是，在身旁的人是——

「早坂同學？」

早坂同學縮著身子坐在我的枕邊，露出有些困擾的笑容。

「我來探病了。」

她似乎是從宴會中偷溜了出來。窗外傳來了馬頭琴音色跟拍手的聲音。在我打盹的期間，大家似乎都喝得很醉了。

雖然房間裡沒有開燈，但窗外的路燈光芒照亮了早坂同學。

早坂同學的氣氛跟以往一樣。她穿著蓬鬆的上衣，搭配短褲跟長筒襪。

面對突然出現的早坂同學，我的意識還沒有恢復。作夢時的心情仍在持續，湧現出了不希望她被任何人擁抱的心情，然後因為那只是在作夢而感到安心。

這些想法只是高中時的感情被夢境喚醒了而已。

那不是我現在真實的想法。想到這裡，我開了口。

「妳還是回去比較好，今天的主角是早坂同學。」

「嗯。」

不過，她說有話想對我說。

「桐島同學，你跟橘同學接吻了對吧。」

「呃，那是……」

早坂同學跟橘同學似乎保持著聯繫。

「不過在談那件事之前。」

早坂同學盯著躺在被窩裡的我看。

「這是什麼？」

「咦？」

「感覺堆得跟山一樣耶。」

我能理解早坂同學想吐槽的心情。畢竟現在的我蓋著兩條毛毯、兩條薄被子跟六床棉被。

「這間公寓的風很大，房間裡的氣溫跟戶外幾乎一樣，所以在冬天或感冒的時候都會像這樣蓋很多被子，居民們把這個稱之為『山女莊流取暖』。」

「總覺得啊——」早坂同學一副傻眼的表情說。

「反倒是我沒幹勁了耶。」

◇

「早坂同學，妳喝醉了吧？」

「才沒喝醉呢。」

我們兩個一起躺在被窩裡。早坂同學說也想體驗山女莊流取暖，於是就變成了這樣。感想只有「好重」兩個字。

「妳差不多該回去了，留在這裡會被我傳染的。」

「總覺得有點睏了。」

早坂同學表情迷糊地說著。雖然開始思考是誰讓她喝這麼多酒的，但計畫沒有強迫她喝酒的部分，所以應該是她自己喝的。

「桐島同學的身體好像熱熱的耶？」

「畢竟我發燒了啊。」

「咦？你感冒了嗎？」

「喝醉之後記憶力就只剩三秒嗎？」

「我為什麼會在這裡？」

「咦～」

此時早坂同學露出有些濕潤的表情說著「對了對了」。

「桐島同學，你跟橘同學接吻了吧？」

她似乎從橘同學那裡得知了所有發生的事。

「對不起喔，沒能完全安撫好橘同學。」

「這不是早坂同學該道歉的事。」

「不對。畢竟橘同學會變成那樣，都是我的錯嘛。」

早坂同學翻過身子，整個人貼在我身上。

「喂。」

「啊，對喔，桐島同學已經有女朋友了。」

接著她再次翻身回到原本的姿勢。

「你跟遠野同學沒事吧？你沒去幫她的比賽加油對吧？橘同學非常在意喔。」

「不要緊的。」我這麼回答著。

「當我跟她約好，之後每個週末都會去購物中心的美食街把所有店逛一遍之後，她的心情就恢復了。之後就做了和好的——」

我說到這裡停了下來，頭痛使我差點失控。其實沒必要說這種話的。但是，早坂同學好像完全明白了。

「哼嗯，你們和好了啊。」

她再次翻身轉了過來。

「是、是啊……」

「我覺得這樣很好喔。畢竟允許對方觸碰自己，也主動去觸碰對方是很特別的嘛。」

早坂同學現在從側面抱住了我。這樣算是允許對方觸碰，算是特別的行為嗎？

「哼嗯。」

她轉頭看著我說道。

「你已經能好好地跟遠野同學做了呢。」

「該說是多虧了早坂同學嗎……」

「這麼快就跟遠野同學做了啊。」

早坂同學露出燦爛的笑容。

「如果是有魅力的女孩子，桐島同學就願意好好跟對方做呢！不想做是因為對方沒有魅力，沒有價值對吧！」

「我覺得這種說法不太好耶！」

「嘿咻、嘿咻。」

早坂同學爬到了我身上。她身體柔軟的觸感、被毛衣強調的胸部，喝醉後恍惚的表情一覽無遺。

「喂。」

「吶，橘同學對你說了什麼吧，在接吻之後。」

「啊、嗯……」

登上大學校慶的舞台之後，橘同學在白板上這麼寫了。

『對我做過的事，希望你也對早坂同學做。』

換句話說，就是要我跟早坂同學接吻。

『早坂同學一定也在等著。』

那是橘同學的意見，似乎是為了讓她跟早坂同學之間維持公平。

「感覺有點那個呢。」

早坂同學開口說著。

「像這樣做，感覺就像初吻那時候一樣。」

我們的初吻。

「那時候早坂同學得了感冒。」

當時我們在床上陶醉地接了吻。雖然雙方都不知道該怎麼做，但我們一邊感受對方的身體，一邊沿著對方舌頭的輪廓動著。

現在，早坂同學變成了比當時更成熟的女孩子，並且趴在我身上。

身體因為喝酒發燙。

我開始想像。

早坂同學嬌小的嘴巴跟溫暖的舌頭。要是抱著她接吻，一定立刻能讓心情回到那個時候，就像跟橘同學做的時候一樣。

她似乎也明白這一點，臉頰逐漸湊了過來，但是——

「開玩笑的。」

早坂同學沒有吻上來，而是將頭依偎在我的胸口。

「我無所謂的。會說我還喜歡桐島同學，是橘同學的誤會。我完全對桐島同學沒興趣，只是稍微想捉弄你而已。」

她這麼說著。

「那麼，我該走了。畢竟桐島同學比預料中更有精神嘛。」

然後早坂同學像是想到什麼似的說：「啊，對了。」

「大家今晚打算讓我錯過末班車吧。」

「看得出來嗎？」

「超明顯的呢。關於這件事，我有點想聽桐島同學的意見。」

「什麼意見？」

「我呢，想直接去福田——」

就在這個時候。

房間的門被打開，出現的人——

「桐島同學，我拿東西來分給你了！」

是遠野，於此同時，早坂同學縮進了被窩裡。

「發燒不要緊吧？」

她坐到枕頭邊，窺探著我的臉色。

「咦？難不成有誰來過嗎？好像有聽到女人的聲音耶。」

「不，沒那回事……」

「說得也是呢。得了感冒的桐島同學，怎麼可能帶女孩子進房間嘛。」

「那、那當然。」

於是，絕對不能露餡的山女莊就此揭開序幕。

因為跟宮前的隔閡和我沒去幫她加油的緣故，遠野最近變得有些敏感。也因為才剛和好，想避免被她發現早坂同學在這裡引發新的糾紛。

◇

早坂同學也明白這一點，因此躲在棉被裡屏住呼吸。

「請用吧，一定會恢復精神的。」

遠野把魚排遞給躺在床上的我。

「這是早坂同學醃漬過的。」

味道非常清爽。當我打算說出感想時，注意到遠野的表情有些鬱悶。

「怎麼了？」

「不，只是覺得桐島同學會不會也喜歡擅長做料理的女孩子呢……」

看來遠野似乎在各方面都感到不安，於是我開了口。

「遠野的料理也很好吃喔。」

「跟早坂同學相比也是嗎？」

「是、是啊。」

聽見我含糊其詞的回答，遠野的眼神變得陰沉，既然如此，就只能說了。

「很好吃！遠野做的料理遠比早坂同學的好吃！」

就在這個瞬間。

「呃！」

「桐島同學？發生了什麼事嗎？」

「……沒什麼。」

早坂同學咬了我。她細心地拉開簡便和服，直接往鎖骨咬了下去。可不能忘了我在被窩裡養著一個醉鬼的事。

「可是……」

遠野依然眼神陰沉地說著。

「早坂同學那麼可愛，桐島同學還是跟那種女孩子比較——」

「遠野也非常可愛喔。」

「跟早坂同學相比也是嗎？」

「是、是啊。比早坂同學更加可……愛！」

上臂被咬了。

但是遠野的表情仍是一副很煩惱的樣子。

「可是早坂同學不僅可愛，身材還很有魅力。」

「咦？還要繼續講這個嗎？」

「果然桐島同學也覺得早坂同學比較……」

「遠野比較有魅力！比起早坂，還是遠野比較……嗯嗚！」

接下來遠野仍失落地拿自己跟早坂做比較，而我則不斷打圓場表示遠野比較好。早坂同學在被窩裡翻來覆去，咬遍了我的全身。

我本來以為是她們兩個在捉弄我，但似乎並非如此。

「遠野，妳到底怎麼了？這麼在意早坂同學。」

「這是因為……」

遠野一副非常難以啟齒的樣子。但還是說了出來。

「雖然你說過要支持福田同學的戀情……但看起來不怎麼積極……在我那時候明明那麼……」

此時我突然意識到。

在福田說喜歡遠野時，我是竭盡全力幫忙的，甚至到了遠野會對我發火的程度。與此相比，現在福田喜歡上早坂同學之後，我幫忙的程度確實沒有那麼積極。

「遠野，那是因為——」

「對、對不起！」

「我說了奇怪的話，今天你也只是得了感冒而已嘛。」

「一定是我多心了。」遠野說著。

遠野紅了臉。

「因為小栞的事，我一直都很煩惱。」

「我是遠野的男朋友，宮前只是普通朋友。」

「可是，小栞喜歡桐島同學對吧。」

遠野完全察覺到了宮前的心意。

「至今宮前都沒有值得信賴的男性朋友，所以才會認為我就是那樣的人。不過她本人也說想交男朋友，如果交到的話事情就能解決，大家也能跟以往一樣當朋友了。」

「大道寺學長也這麼說。」

「可是——」遠野說道。

「就算小栞交了男朋友，問題真的就能解決嗎？小栞看起來是真心喜歡桐島同學，就算交了男朋友，心裡還是一直會忘不了桐島同學吧？到了那時候，我該怎麼辦才好呢……」

「一定沒問題的。」

我開口說著。

「埃里希也說過，所謂的愛，並不是找到命中註定的人，或是戲劇性地墜入愛河。而是透過主動實踐、持續愛人，藉此獲得的技術。」

換句話說，只要宮前找到新的男朋友，持續實踐愛人的行為，應該就能找到真正的愛和對象才對。

「人在一生中會談無數次戀愛。」

當然，也有只談一次戀愛的人，但那種情況並不多見。小學時在意的對象、國中時的初戀對象、以及高中時的戀人，這種變遷是很常見的。

「在經歷多次戀愛之後，覺得特別且唯一的那次戀情，也會成為眾多戀情的一部分。宮前一定也會經歷這個過程，變得能把我當成普通朋友看待。」

「說得也是！」

遠野的表情變得開朗了起來。

「這麼一來，我們就能跟之前一樣維持良好的同伴關係了吧？」

「是啊！」

「嘿嘿！」

遠野看著我的臉湊過來吻了我。

「會被傳染喔。」

「被傳染也沒關係。如果是桐島同學的話就無所謂。」

遠野反覆不斷地吻了上來，找到我的舌頭，將它引導進自己嘴裡。

「我們感情很好呢。」

遠野開心地說著。

「得了感冒還接吻，只有我們才會這樣吧。」

「是、是啊。」

當我就這麼跟遠野接吻之後——

在被窩裡的早坂同學也一樣開始親吻我的身體，胸部、腹部跟肩膀。

肌膚能夠感覺到早坂同學的嘴唇跟唾液。當遠野發出接吻的聲音時，早坂同學也會用力吸允我的肌膚，快感竄過了背脊。

『那是指跟我吧？』

在感冒狀態下的接吻，是我跟早坂同學的初吻，她似乎不希望我那麼隨便地做。

但我無法拒絕遠野，於是我在被早坂同學吻遍全身的同時，一邊不停地跟遠野接著吻。

「桐島同學……」

遠野把臉移開，有些不好意思地開了口。

「請快點好起來……那個……就像和好的時候一樣……我還想，要做。」

夏天，遠野因為不能跟我做而感到煩惱，所以現在也對此感到不安。因此為了將喜歡的感情傳達過去，我在之前和好的時候非常溫柔地跟遠野做了。

遠野對此似乎非常高興。即使在我睡著之後，她直到早上都抱著我，並且一直盯著我的睡臉看。

「我覺得非常舒服。」

遠野用紅到讓人懷疑頭上會不會冒出蒸氣的表情說著。

「桐、桐島同學也覺得很舒服嗎？」

「嗯，那當然。」

「桐島同學以前也有過女朋友對吧……跟那個人相比，我算不算個稱職的女朋友呢？」

遠野知道我曾經談過一場轟轟烈烈的戀愛。因為那個緣故，我的身體沒有了反應。遠野對這件事感到不安，於是我為了讓她放心這麼說道。

「遠野是最棒——」

「怎麼了嗎？」

「沒事……」

早坂同學，太超過了！

她在我剛剛跟遠野接吻的時候，在被窩裡吻遍了我的全身。於是我的身體有了反應。而現在早坂同學正將我有反應的部位含在嘴裡。

這種行為太超過了。

一瞬間，我以為早坂同學非常生氣，再加上喝醉了，所以才趁勢做了這種行為。但是，我感覺到的觸感並非如此。

早坂同學非常溫柔地將我的那個含在嘴裡。

她嬌小的嘴巴非常溫暖。我的那個被唾液沾濕，背面能夠感受到早坂同學厚實的舌頭。早坂同學的舌頭只要稍微有動作，背脊就會竄起一股難以言喻的快感。

「那個，桐島同學。」

不知道被窩裡發生什麼事的遠野這麼開了口。

「雖然你因為感冒動彈不得，所以不能做那種事，不過我向排球社的大家……那個……請教了能讓桐島同學躺著感到舒服的方法。」

遠野害羞地湊近我的臉。

「不、遠野，現在有點——」

遠野將手伸向被窩。

但是，沒有發生我想像中的事。

「就是耳朵。」

「耳朵？」

「我來舔桐島同學的耳朵，聽說這麼做好像會很舒服。」

「是、是這樣嗎？」

「桐島同學沒有試過嗎？」

「沒、沒有……」

「那我就是第一個了。」

遠野露出開心的表情這麼說，並開始舔起我的耳朵。她的舌頭滑過我耳朵的輪廓。能感受到遠野的氣息，以及唾液濕潤的聲音。

「感覺怎麼樣？」

「啊啊，總覺得很厲害……」

遠野進一步將舌頭伸進我的耳朵裡。

我忍不住發出聲音。遠野對我的反應很開心，更進一步熱烈地蹂躪起我的耳朵。

但是我會發出聲音不是因為遠野，而是被窩裡的那個人。

早坂同學稍微動了動她嬌小的嘴巴，光是這樣我就感受到一股強烈的快感。

我的那個完全進入了她的嘴裡。

早坂同學是第一次做這種事，所以一開始有點不熟練，牙齒也碰到了。但她似乎從我的反應學到了什麼，每當我因為快感挺起腰時，她就會重複那個動作。

早坂同學溫柔地舔著我的那個，慢慢地用嘴包覆、含住。她的動作充滿了愛情，我知道自己的那個已經徹底被早坂同學的唾液沾濕了。

「桐島同學感覺很舒服呢。」

「嗯，多虧了……遠野妳……」

我的耳中都是遠野的唾液聲，那裡被早坂同學的嘴巴含住。

快感不停湧現，腦袋感覺快要融化了。

什麼都無法思考。

「啊……啊啊……」

我忍不住挺直腰桿，想要更加深入早坂同學溫熱潮濕的口腔。

她溫柔地包容了我的這種慾望，十分溫柔、小心翼翼地不停熱烈舔拭著。從早坂同學嘴裡滲出的唾液沾濕了我的下腹部。

見到我因為快感呻吟的模樣，遠野也興奮了起來。

「請你更加舒服一點！」

她用舌頭粗魯地搔弄著我的耳朵內部。

「桐島同學有我就夠了吧？」

「嗯……」

「你不會喜歡上小栞吧？」

「沒問……題的……」

「喜歡……桐島同學，我喜歡你。」

上下兩邊同時被進攻，腦袋簡直就要壞掉了一樣。

強烈的快感使我的視野開始閃爍，逐漸接近極限。

當遠野變得熱情時，早坂同學也加快速度開始上下移動。在我快要挺起腰時，她不停地用舌頭舔著前端，或是離開之後溫柔地吻著我的那裡。

早坂同學用她那可愛的臉，厚實的嘴唇憐愛地包覆著我。

這使我非常興奮，然後——

在早坂同學用力吸吮的瞬間，我達到極限，用力地挺起了腰。早坂同學用她的喉嚨深處迎接著我的一切。

我忍不住在早坂同學嘴裡釋放了出來。

「真是太好了。」

遠野窺探著我的表情說道。

「桐島同學看起來非常舒服。」

結果，在這之後和遠野談話時，我又一次在早坂同學口中釋放出來了。

◇

「我有點待太久，差不多該離開了。」

在遠野離開房間之後，早坂同學過了一會兒從被窩裡爬了出來，我也撐起身子。

「早坂同學，妳為什麼……」

「抱歉。」

早坂同學直接坐在榻榻米上，有些尷尬地別開視線，不過——

「我有點不高興。」

她這麼說著。

「不高興？」

「嗯，感覺桐島同學老是在講那個叫咖哩雞的哲學家的話對吧。」

「是埃里希。」

「依照那個人的想法，只要自己夠努力，任何人都能得到真愛對吧？」

「愛是靠努力成就的。」

「所以宮前同學只要好好交個男朋友，就會把那個人當成特別的對吧？過去喜歡的人既不特別也並非命中註定，只是眾多戀愛的其中之一對吧？」

「是、是啊……」

「吶，桐島同學，我跟橘同學也是這樣嗎？一點都不特別？那時候的戀愛，只是不諳世事的十幾歲孩子的誤會而已嗎？」

「這個……」

早坂同學感到不高興的對象，是我的桐島埃里希理論。而她的態度與其說是生氣，更讓我覺得跟留在靜止時間的橘同學有些相似。

別把我珍惜的寶物彈珠，說成長大後就不需要的玩具一樣——她就像是在這麼說。

「桐島同學，你覺得那個咖哩雞說的話是正確的對吧？」

「是、是啊……」

「既然如此，為什麼跟遠野同學在一起的時候會因為我覺得舒服呢？為什麼在遇到我之前，跟遠野同學都做不了呢？」

「這是因為……」

「那麼——」早坂同學說著。

「就由桐島同學來決定。」

「決定什麼？」

「決定今晚我到底要不要去福田同學的房間留宿。」

「不，這不是我該決定的事吧——」

「要是桐島同學現在在這裡抱住我，我就不去福田同學的房間。要是你不肯抱我，我就去福田同學的房間住，我是認真的。」

現在我應該讓早坂同學去福田的房間才對。

福田他救了我，也放棄了對遠野的感情。而我已經有了遠野，早坂同學也應該朝向新的未來邁進。

我的腦袋很清楚這一點，但是——

我抱住了早坂同學的身體。

「你真傻。」

早坂同學用既像哭也像是在笑的聲音說著。

「桐島同學，你太傻了。」

「嗯，我也這麼想。」

「不過，我肯定是最傻的那個。」

她用力抱緊我之後開了口。

「對不起喔。其實我真的不想妨礙你跟遠野的關係。也沒打算做那種，像是在試探桐島同學的事情。」

「肯定是因為我們過去受過傷，直到現在還會隱隱作痛。」

所以才會發生這種事。

「依照桐島同學的想法，那個傷痕是能夠痊癒的吧。」

「嗯，一定可以。」

「說得也是。」早坂同學說著放開了我。

「雖然剛剛說了奇怪的話，但我也這麼想。畢竟我已經完全不喜歡桐島同學了嘛。」

她這麼說著露出笑容。

「我今天搭末班車回去，畢竟我沒有臉跟遠野同學見面。不過放心吧，我真的不打算再跟桐島同學發生任何關係，桐島同學也是一樣吧？」

「是啊。」

現在不能說出任何想回到過去的話。所以我即使胸口刺痛，還是好好地說了出來。

「畢竟我打算跟遠野交往下去。」

「說得也是呢。」

早坂同學笑著說。

「我也想好好向前看，認真思考福田同學的心意。然後，會在橘同學去桐島同學的大學演奏之前得出結論。」

我的大學是橘同學參加的最後一次大學校慶。她說在那次演奏結束之後，就會搬出櫻華廈的房間。

早坂同學似乎也打算配合她的時間。

「如果決定要跟福田同學交往，我就會好好當他的女友。像桐島同學一樣努力去愛，把福田同學當作特別的人。」

「如果沒跟福田交往的話呢？」

「到了那時候——」

早坂同學低著頭說。

「我就不會再來京都，也不會再跟遠野同學聯絡。」

一輩子都不再跟我見面。

早坂同學的是這麼說的。

因為——

「畢竟我不可能跟桐島同學當朋友嘛，你明白吧？」

第14話 回憶約會

過去我曾經受過傷，傷痕至今仍會感到疼痛。

讓橘同學失去語言的正是傷痛，我會跟她接吻，或許是為了分擔她的痛苦也說不定。

大學校慶的季節正式開始，橘同學登上了三所大學的舞台。我全部都跟去了。其中一間是關東的大學。

雖然是搭乘新幹線或電車的旅行，但開頭總是伴隨著橘同學的『對不起』。

『給你添麻煩了，對不起。』

每當這時我都會搖搖頭。

我對遠野隱瞞了陪同橘同學的事。雖然覺得非常抱歉，但是，我不能放著橘同學不管。

橘同學果然是個特別的女孩子，光是看到她的側臉，我的胸口就一陣騷動。

細膩的黑髮、薄薄的眼皮、看似體溫很低的臉頰，纖細的輪廓。

我初戀的象徵。

我不斷地跟這樣的橘同學接吻。每當即將站上舞台之前，她還是會陷入恐慌狀態。但只要被我抱住親吻，她就會冷靜下來。

我決定把這些行為當作埃里希式活動的一環。把別人的快樂當成自己的快樂，做對大家有幫助的事。

我把橘同學視為許多需要幫助的人之一，而且也應該那麼做。畢竟對我來說，特別的人是遠野。

我們相當自制，保持著一定的距離感。

但是，那天的情況和以往不同。我們一如既往地參加了大學校慶。回程的時候，橘同學表情蒼白地立起白板。

『我要吐了。』

我沒有塑膠袋，無奈之下只能拿出營造桐島京都風格時使用的布袋給她。

「這麼說來，高中時曾經被吐在衣服裡呢。」

『有過那種事嗎？』

結果，橘同學並沒有吐。

「是不是胃脹氣了？畢竟妳不是吃了很多章魚燒跟肉包之類的東西嗎。」

『？』

橘同學假裝聽不懂。

不過，再怎麼裝傻也沒有用。

橘同學在電車裡筋疲力盡，即使到了下車的車站也站不起來。

演奏的疲勞跟壓力，對變得脆弱的橘同學似乎是很大的負擔。

我把橘同學送回櫻華廈的房間，但是她似乎連開門的力氣都沒有，因為擔心，我跟她一起進了房間。

我讓橘同學坐在沙發上，用電熱水壺燒好熱水，接著用放在桌上的綠茶茶包泡好了茶。橘同學慢慢地喝著。

窗外天色已經變暗。

我打開冰箱一看，裡面只有一個已經過期的超商便當。

「有生活能力的橘同學……」

『…………』

「我去買點什麼當晚飯吧？」

橘同學像是在說「不必了。」似的搖了搖頭，接著從沙發上起身，搖搖晃晃地走向盥洗室。

「不要緊吧？」

我這麼說著，但她卻不疾不徐地脫起衣服。我連忙轉過身去，看來她是打算去洗澡。

「我在房間裡等妳。」

過了一會兒，橘同學用一副只穿內褲和睡衣的模樣走了出來。白皙的大腿一覽無遺，讓人不知道該看哪裡。但由於她的頭髮還是濕的，因此我先讓她坐上沙發，用吹風機從後面幫她吹乾。

我用手指撫摸著橘同學細膩又柔軟的頭髮。

需要人照顧的橘同學就像個少女一樣。

橘同學表情懶洋洋地發著呆。

簡直就像時間靜止了一樣，我這麼想著。

最後她站了起來，身體朝我的方向傾斜。看來她顯然站不住，我們就這麼一起倒在小套房的單人床上。

沖過澡變得溫暖的肌膚、乾爽的睡衣觸感，以及一覽無遺的柔嫩雙腳。

我們就這麼接了吻。

接吻時的橘同學非常熱情，感覺只有這時候，她靜止的時間才會轉動。

在反覆接吻之後，橘同學將腳放在我身上掀起睡衣，露出了蕾絲的內衣。注意到我的視線之後，橘同學將下腹部用力抵在我身上。

我了解橘同學的身體。

我撫摸著橘同學纖細的腰，沿著她大腿內側的滑嫩肌膚碰到了腳。手繼續滑動，逐漸伸向她的雙腿之間。

在指尖即將碰到內褲和肌膚間的空隙時，我的手停了下來。但光是這樣，就能清楚抵感受到橘同學的那裡變得又濕又熱。

橘同學的嘴巴動了動。

『可以喔。』

她露出堅定的表情，再次動起嘴巴。

『謝禮。』

橘同學的意思是我無論在這裡做了什麼，她都不會告訴任何人。為了感謝我在她參加大學校慶巡迴表演時一直陪在她身邊，可以順著我的意思去做。

橘同學已經變成了一個能夠自制的女孩，這樣之後已經不會產生糾紛吧。

你可以隨便對待我的身體喔。

因為是謝禮。

橘同學的眼神是這麼說的。

遠野同學不是去集訓了嗎？

正是如此。

遠野是強化指定選手，現在正在參加全國選拔的集訓。這段期間我可以每天一直留在這間房間照顧橘同學，每天跟她做吧。

那肯定是件有點哀傷，但非常舒服的事。

但是——

我放開了橘同學的身體。

與此同時，放在桌上的手機發出了光芒，上面顯示著大道寺學長傳來的訊息。似乎是山女莊的室內電話又接到連絡，說宮前又被帶出了酒會。

橘同學側眼看了我一眼，接著離開床上，用白板寫著。

『去吧。』

橘同學的表情有些寂寞。但是，很多事情她也很清楚。

要是我跟橘同學做了，就算不會引發衝突，也算是背叛了遠野。更重要的是，這就像是要再次深深傷害橘同學一樣。

所以，這樣就行了。

於是我一言不發地離開了橘同學的房間。我不能再繼續跟她加深關係了。當季節更迭，橘同學將會離開京都。在那之前陪她參加大學校慶巡迴表演只是緩兵之計，必須這麼看待才行。

我一邊這麼想，一邊騎著腳踏車前往宮前參加酒會的會場。

在我一邊想著距離很遠，一邊騎車打算度過鴨川架設的橋上時。

我注意到在鴨川的三角洲，也就是所謂中洲的長椅上有道人影。雖然因為昏暗很難辨認，但看起來很像宮前。靠近之後，發現真的是她，而她只有一個人。

「什麼嘛，是桐島啊。」

「我聽說妳被男人帶走了。」

「我好好逃走了。」

「咦？靠妳自己？」

「不用那麼吃驚吧！」

宮前「啪」的一聲拍了我的背。

「宮前，妳成長了呢。」

這應該算是很大的進步，但宮前卻一副愁眉苦臉的樣子。

「發生了什麼事？」

「有人說我只是長得好看的嘮叨女。」

被男人帶出居酒屋後，宮前好像甩開對方的手拒絕了他。在那個時候，男人拋下了這麼一句話。

「別在意那種人說的話啦。」

「嗯，但他說的話也有道理。」

宮前非常在意自己的拍照技術不如其他社團成員的事。她只是因為想跟別人扯上關係才開始拍照，並沒有認真面對事情的本質，因此覺得自己是個膚淺的人並感到煩惱。

「我是個怕寂寞的人不是嗎？我覺得這樣不好，畢竟也有點太依賴桐島了。」

「啊、嗯。只有一點，一點點而已。」

「然後該說是給遠野添了麻煩，還是讓她感到不安了呢——」

此時宮前的手機震動了起來，有人打電話給她。

「抱歉，我接一下。叔父，你太大聲了。」

看來是宮前的親戚打來的。她叔父的聲音很大，就算不開擴音也能清楚聽見說話內容。

宮前單方面挨了罵。似乎是因為奶奶的身體狀況不好。但是宮前卻突然不再傳送跟男朋友的照片，導致她很擔心宮前在京都的生活是否順利。

她叔父的意思是，要她為了讓奶奶放心趕快傳送照片，或是再把男友帶去九州露個面。

「我男友他稍微有點忙咩。告訴奶奶我過得很開心，請她放心。」

宮前說完後就掛了電話。

自從遠野拜託住手後，宮前就再也沒跟我一起拍過照片。

「在我不知道的時候，事情變成了那樣啊。」

「……嗯，是啊。」

「妳奶奶沒問題嗎？」

「身體似乎沒那麼糟糕，但很擔心我沒傳照片的事。大概是知道我如果沒男友就會被奇怪的男人拐跑吧。」

宮前裝出開朗的表情說著。

「別一副覺得自己有責任的表情啦。桐島原本就是遠野的男朋友，是拜託你的我太笨了。」

「可是，妳奶奶的事該怎麼辦？」

「我會好好交個男朋友。」

「雖然話是這麼說……」

「嗯，完全不行呢。我沒有看人的眼光，可是呢，我剛剛想到了一個非常好的點子。」

宮前自信滿滿地說。

「讓桐島來選就行了。」

「原來如此……嗯？」

我思考著宮前說的話。

「不好意思，可以請妳再講一次嗎？」

「當我男友的男人交給桐島來選，就說『宮前，妳跟這傢伙交往吧』。」

「咦？等、妳這、咦咦～！」

我忍不住叫了出來。

「也太異想天開了吧～」

「為什麼？不覺得比我自己選來得好嗎？桐島比較有看人的眼光吧？」

宮前好像真的認為這是個好主意。

「不，可是——」

「桐島不是一直說愛不是命運嗎？既然如此，即使是別人選擇的人，經過長時間的來往，應該也會變成愛吧？」

「以埃里希的方式來看是這樣沒錯啦……」

此時我開始思考。

說到我為什麼會對宮前的提議猶豫不決，是因為我打從心裡覺得交往的對象應該由本人來決定。

但是，這真的是正確的嗎？會不會正是我深受浪漫愛情故事毒害的證據呢？是一種覺得命中註定的人最好，被人強行安排的對象是反派的偏見。

但是，社會上也有相親結婚的人，因此得到幸福的人應該不在少數。

交往之後兩人的關係究竟是好是壞，關鍵不在交往之前的故事，而是基於交往後當事人的努力。

所以最初的一步由我，而不是沒有看人眼光的宮前來選，看起來似乎很有道理。

這個責任十分重大，我的確有種想交給宮前自己處理的想法。

但我覺得這只是在逃避。宮前是為了不妨礙我和遠野，為了繼續跟我們當朋友，才想要交男朋友的。

換句話說就是為了我。

既然如此，我也應該負起責任。於是我開了口。

「知道了……我來選吧。」

「真不愧是桐島！」

宮前露出了笑容。

「不過，妳有目標嗎？」

「嗯。下次打工的地方要舉辦酒會，桐島就從裡面選一個吧。」

「我是無所謂，但我選出來的人未必會喜歡宮前吧。」

「不，那個……」

宮前有些害羞地低下了頭，一副要說這種話不太好意思的態度。

「雖然我覺得不太可能，但難不成去參加酒會的男人，所有人都喜歡宮前嗎？」

「從那個感覺來看……大概是的……」

我抓起背上的胡弓，朝著夜空大喊著。

「聽吧上天！由桐島司郎演奏的『美女真厲害！』」

接著我即興大聲拉起了胡弓。

◇

「感覺就像是宇宙中盛開的一朵花呢。」

大道寺學長這麼說著。

事情是在某個週末的晚上。

大道寺學長看著宮前所在的包廂這麼說。宮前在補習班打工當導師，今天她跟同事一起來喝酒。雖然裡面一共有八個人，但其中六名是男性，每個人都對宮前露出了害羞的笑容，好像都是大學生。

『桐島來選吧。』

由於宮前這麼說並決定由我來挑選她的男朋友，但就算是我也有可能看走眼，因此為了能在遇到緊急情況時踩煞車，我請大道寺學長跟福田同行。

開酒會的店家事先就知道了。我們在採用半包廂的形式，隔著木製走廊能看見宮前他們情況的桌子上圍坐著。

「沒有人強迫她喝酒呢。」

福田這麼說著。

「大家看起來都是好人。」

雖然「沒用女」的代表宮前應該沒有特別想什麼，但從打工的地方開始挑選或許是個非常不錯的選擇。畢竟從會想要打工這點來看就已經很認真了，而且補習班會要求品格，因此可以期待身為男友的誠實程度。

「喂，桐島。」

大道寺學長一邊靈巧地拆著雞翅，一邊對我說著。

「叫宮前不要往這邊看。」

自從酒會開始之後，宮前就一直不時地偷看我們這裡。

『怎麼樣？可以嗎？』

視線中帶著這樣的含意。

『不要一直往這裡看，太不自然了。』

當我傳了訊息之後，宮前認真地看了過來並點了點頭。

「大道寺學長，這個遙控器一點都不聽話耶。」

由於宮前太在意我們，對話也非常不自然。或許是為了提供我們判斷的材料。她像是在面試一樣，依序向男人詢問交了女朋友想做的事以及想去的地方。

男人們幹勁十足地回答著，但是我想知道的不是被準備好的問題，而是從自然交流中窺見的人性。但是宮前在透過這些問題得到對方的回答後，就會看著我的方向露出一副『桐島，剛剛那個怎麼樣！』的表情。

我、大道寺學長跟福田一邊喝著赤玉拳，一邊看著變成搞笑節目主持人的宮前，以及化身搞笑藝人不斷表演的男人們的酒會。（註：赤玉拳是一種調酒。）

當空酒杯堆滿桌子的時候，我對大道寺學長問。

「你覺得誰最適合當宮前的男朋友？」

「我想想。」

大道寺學長用手托著下巴說。

「如果他們不一一闡述自己的宇宙觀，實在沒辦法判斷呢。」

「福田怎麼看？」

「是呢。」

福田偏著頭說。

「要是不看他們養花的情況，大概沒辦法表達意見呢。」

我目不轉睛地盯著兩人變得比赤玉拳還紅的臉。

「喂，不要用看宇宙垃圾的眼神看我！」

「桐島同學，我嚴正抗議！」

看來這似乎會變成一場廢柴監視廢柴的酒會。

「嗯，意思是最終判斷還是交給桐島埃里希吧。」

大道寺學長這麼說著，帶著福田去了一間能喝電氣白蘭的店。（註：電氣白蘭是一種雞尾酒。）

我離開居酒屋走進附近的咖啡廳。點完東西之後，酒會解散的宮前來到店裡。

「妳成功獨自脫身了呢。」

「雖然大家都說要送我回家就是了。」

宮前的地位就跟公主一樣。

我跟宮前一起走在繁華街上。沒有搭乘公車跟電車，而是單手拿著咖啡，一邊醒酒一邊走回宿舍。

當我說出大道寺學長跟福田醉得滿臉通紅的事之後，宮前開心地笑了出來。

聊完這些之後，宮前切入了正題。

「那麼，結果怎麼樣？」

「大家都很正經。」

「我就說吧？那麼，你覺得誰比較好？」

「由我來選真的好嗎？」

「嗯。」

也可以試著交往，覺得不適合的話再分手的選項。所以我下定決心說了出來。

「那個叫森田的男人應該不錯吧。」

在我看來，森田是個非常正經的男人。不但髮型乾淨整潔、服裝符合流行，在酒會上說話也很有品味。

「不光是打工，大學也是讀同一間。」

「我認為待在同一個環境，對於打好關係，互相理解有很大的優勢。」

順帶一提，似乎連年級也相同。

「他參加什麼社團？」

「印象中是網球社。他好像從小時候就在打了，據說高中時還參加比賽拿到了不錯的名次。」

換句話說，他是個念書、運動跟時尚樣樣精通的男人。平衡也抓得很好，符合當今時代潮流。

「一般女孩子都會找森田那樣的男人談戀愛吧。」

「是啊。」

宮前點了點頭。

「他有邀請我一起出去玩，我會試著答應他。」

換句話說就是約會。只要宮前不拒絕，很容易就能成為男女朋友吧。我回想起酒會時的森田，感覺跟他交往的話，應該不會發生什麼嚴重的錯誤或失敗。

「要是森田跟我交往，我可以邀請他參加烤魚會嗎？」

「當然可以。」

接著我跟宮前同時沉默了下來。

我們在夜晚古都的石板路上漫步著。這裡不僅有舊書店跟和服店等充滿京都風格的店家，還有著名的咖啡連鎖店和電子遊樂場。

多采多姿的歷史與現代交織在一起。

我們一定也會像這樣踏上各個土地，從過去到未來不斷改變吧。

過了一會兒，宮前開了口。

「森田確實不錯，我也有這種感覺。」

宮前說著。

「跟桐島不同，他很擅長運動。」

「嗯。」

「跟桐島不同，不會穿奇怪的衣服。」

「是啊。」

「也不會像桐島一樣把泡麵放到發霉。」

「就是這樣。」

「吶，桐島。」

宮前低著頭，拉著我的袖子。

「再約會最後一次吧。」

接著她抬起頭，用開朗的表情開口。

「我要從桐島這裡畢業了。」

◇

「來，Cheese！」

我們兩個在大學正門前自拍，宮前在照片上加註『大學校慶約會』，然後傳給了她的奶奶。

『再約會最後一次吧。』

宮前選擇的地點是自己就讀大學的大學校慶。遠野的朋友或許會發現我跟宮前在一起。不過，我並不打算太過親熱，宮前在約會結束後會好好交個男朋友。更重要的是，為了讓她做個了斷，這麼做是必要的。

宮前對此也很清楚，因此她的態度十分爽朗，就像是跟朋友來大學校慶玩一樣。

「宮前的大學辦得很認真呢。」

我看著擺設在操場上的露天攤位這麼說著。

研究國際關係的研討會開設了跳蚤市場，招牌上寫著利潤會全部捐獻給國際基金。

「就說這樣很正常啦，是桐島的大學太彆扭了。啊，去玩那個吧。」

因為宮前想玩，我們參加了棒球測速大賽。就是丟球來測定球速。我跟宮前一起彎下腰，扔出一顆歪七扭八的球。

「桐島的丟球方式好像女孩子喔。」

「宮前的球歪到其他方向去了。」

熱舞社成員正在戶外舞台上隨著音樂起舞。作為同樣對音樂感興趣的人，不光只是胡弓，我也想著總有一天要學會跳舞。

後來因為肚子餓了，我們決定去吃點東西。雖然各個社團擺設了許多攤位，但我還是提議去學校餐廳。我對其他大學的菜單很感興趣。

「比我的大學好吃……」

在學校餐廳用餐時，我說出了這種感想。

「跟桐島讀同一所大學的話，感覺就像這樣呢。」

宮前坐在我身旁一邊吃，一邊這麼說著。

大學校慶的約會就是這種感覺，沒什麼特別的，說普通也非常普通，但是宮前對此似乎相當滿意。

「桐島，謝謝你。」

到了差不多該回去的時間，宮前有些害羞地說著。

「我想這樣就沒問題了。這樣我既不會再對桐島說奇怪的話，也會交到新的男友，跟遠野的關係也會很順利。我有這種感覺。」

應該是感到釋懷了吧。人們為了走向未來，是需要某種必經儀式的。如果能因此幫上她的忙，也是身為桐島埃里希的我的願望。

心情莫名地變得如同秋天的天空一般清爽。

就在這個時候。

宮前看著手錶「啊」了一聲。

「我有點事要處理，桐島，可以請你在這邊等我嗎？」

「是無所謂啦。」

「我馬上回來。一定要等我喔，在回家之前都算約會喔！」

宮前這麼說完後，快步跑進建築物裡。

接著我發現了。

宮前加入了攝影社，而那個社團也會在大學校慶上舉辦攝影展。前陣子她也為了這個目的一起拍了照片，但是——

即使到了今天一起逛校慶的時候，宮前也隻字未提關於攝影社的事。

◇

我看了大學校慶的宣傳手冊，確認起攝影社舉辦展覽的地點。沿著校內的導覽圖前往教室一看，正好有社團成員正在講評展示出來的照片。

由於這種靜態展覽不太受歡迎，所以根本沒有畫廊，在場的應該是社團成員的朋友。硬要說的話，感覺像是自己人。

我沒有走進教室，而是從後門觀察著裡面的情況。

因為發言人跟主持人都會使用麥克風，所以能清楚聽見他們在說什麼。

「我認為廢墟總給人昏暗的印象，但如果在白天採光良好的狀態下，光影的對比會——」

拍攝照片的女孩子說明了想法。

「主題性非常好。」

擔任主持人，看似社長的男人接著補充說道。

「把對比當成一種概念相當出色。」

隨後其他社團成員也紛紛發表了看法。

由攝影者來解說跟講評的企畫。

我立刻就明白了宮前什麼都沒對我說的理由了。社團成員們一一講評了展示的照片，最後輪到了宮前的照片。

「我、我拍了南禪寺的水路閣。」

宮前似乎打從一開始就沒有自信。

「我想要是跟楓葉一起拍應該會很美，所以——」

社長一邊聽，一邊表示理解似的面帶微笑點著頭。

「不好意思，我的想法很膚淺……」

宮前顯得很不好意思，但是社長跟社團成員都表示這樣就行了。

「宮前同學只要留在社團裡就夠了。」

聽到這句話，我明白了。

宮前在這裡的地位就跟公主一樣。在攝影展方面也是這樣，宮前的作品確實稍嫌遜色，但對他們來說無所謂。

展示的順序也從一開始就是這樣，由技術精湛的他們拍攝的作品加上宮前。最後一個位置就是收尾。

當然，這並不代表瞧不起她。

這就是宮前在團體中的角色。不知道是有意還是無意的，大家對宮前的期待就是個拍攝技術不好但可愛的女孩子。

「這張照片是什麼時候拍的？」

有人提出了問題。

「是上午拍的……」

「目的是？」

「因為陪我的人那個時候有空……」

「宮前同學這種放鬆的感覺很不錯呢～」

剛剛那種批判式的氣氛消失了。往好的方面來說她處於帶氣氛的位置，但從壞的角度來講，也就是沒有人認真看待宮前的照片。

有些女孩子會希望自己在社團中被當成公主對待，但宮前並非如此。她一直懷疑自己是不是個只有外表、害怕寂寞，沒有內涵的女孩子，並因此感到困擾，希望自己能夠成長。

無論是在南禪寺，還是蹴上傾斜鐵軌，她都不惜弄髒衣服，想方設法拚命思考拍下了照片，但是——

「技術上的建議？宮前同學不需要那種東西。只要樸實就夠了。」

別說了。

「拍點可愛動物的照片也挺好的吧？感覺很適合。」

不是那樣。

「去開慶功宴好不好？可以去吃宮前同學喜歡的東西喔。」

宮前想聽的不是這種話，你們什麼都不明白。總覺得有些不爽。回過神來，我已經闖進教室，從男人手中搶走了麥克風。

大家都一副「誰啊？」的反應。

「你們這些笨蛋！」我對他們大聲吼叫。

「問我是誰？看打扮就明白了吧，我是個大師。雖然領域不太清楚，但肯定是個很有藝術品味，某方面很厲害的大師。如果不是的話，誰會穿著簡便和服，背上揹著胡弓啊，這群蠢貨！」

說完之後，我依序對宮前以外的展覽照片發表意見。

「這是什麼。從這種完全不明所以的角度拍攝，徹底陶醉在技術中了嘛。充滿了『看我這張帥氣的照片吧』的自我中心感。這種照片怎麼可能好啊！」

接下來是一張整體色調偏藍的照片。

「這張也一樣！雖然說是用讓人有感觸的方式拍攝的，但從你主張自己的作品會讓人有感觸時，作品本身就一點都不讓人感動了！給我知恥吧！」

我用跟那須與一差不多的速度，惡毒地批評著展示出來的照片。（註：那須與一是日本鎌倉初期的武將，善於射箭。）

「桐島、夠了，我無所謂的。」

宮前介入想要制止，但已經成為大師的我是停不下來的。

「沒有看的價值！」

好，下一個。

「這種照片，就當擦鼻涕的紙吧！」

好，下一個。

「桐島、夠了，已經夠了。」

我把所有照片都批評了一遍，最後站在宮前拍的南禪寺水路閣照片前。

我假裝大吃一驚地說著。

「這張照片是怎麼回事！」

是我們一起拍的重要照片。

「挺棒的不是嘛！隱隱透露出拍攝者樸素老實的性格，就是這個。這才是我所追求的藝術。如果有人不明白這張照片的好，就讓狗咬他們的屁股吧！」

「桐島～」

宮前一把鼻涕一把眼淚地哭了起來。

你看，這不是懊悔到哭出來了嗎。

宮前想聽的話非常單純。

必須有人對她這麼說才行。

我很清楚這一點，於是開了口。

「妳很努力了呢，我很尊敬妳。」

◇

離開大學校慶之後，回程我們坐上了公車。宮前挽著我的手臂不肯放開。或許是不想讓我看到她哭的樣子，她一直把臉貼在我身上。

畢竟這是為了做出了斷的最後一次約會，就算持續到回家也無所謂吧。想到這裡，我沒有拒絕她。

即使下了公車，宮前依然沒有離開，我們就這麼貼在一起走著。就在抵達宮前位於櫻華廈的房間時。

「我們到嘍。」

我這麼說著。但是宮前仍不肯放開我。我以為宮前還在哭便摸了摸她的頭。最後宮前抬起頭來，然後對我說道。

「果然還是桐島好。」

「咦？」

「我想成為桐島的女朋友。」

「咦咦～！」

宮前不光是手臂，甚至想抱住我的全身。雖然我試圖將她拉開，但她的感情像是失控了似的，遲遲不肯放手。

「喂，跟約好的不一樣吧！那不是最後一次約會嗎！」

「不要，不要～！」

宮前開始耍賴。

「是桐島的錯！是讓我迷上你的桐島不好！」

「錯在我身上嗎～？」

「我不需要桐島以外的男朋友！」

「說的話轉了一百八十度耶？」

「就算我是個怕寂寞又差勁，只有長相沒有內涵的女孩也無所謂，只要有桐島在就夠了！」

「妳不肯回答我剛剛說的話嗎？」

宮前纏著我，大吵大鬧了起來。

「喂，快住手。遠野已經結束集訓回來了喔。」

我把雙手放在宮前肩膀上並如同告誡般說著，讓她冷靜下來。

「宮前跟遠野是朋友吧？」

「是這樣沒錯……」

「十年後，妳要跟大家一起去種子島吧？」

「嗯……」

「沒問題的，我會作為朋友陪在宮前身邊。」

宮前噘著嘴，態度變得老實。

「……我跟桐島是朋友嗎？」

「嗯。」

「……一直都是？」

「那當然。」

「既然如此——」

宮前翻動包包，從裡面拿出了一本筆記。

「一起來玩這個吧。」

「《朋友筆記》！」

我差點昏倒。這傢伙總是在驚人的時機拿出驚人的東西耶！

「為了能一直當朋友，來玩個能增進友誼的遊戲吧。」

這是過去住在山女莊，智商一八〇的大學生據說為了交一百個朋友而寫下的奧義書。但是——

「住手，宮前。這不是宮前妳想像的那種東西！」

「這次要玩什麼遊戲好呢～」

「聽人說話啊！」

我強硬地這麼說，宮前突然沮喪了起來。

「桐島不肯跟我玩啊……果然是這樣呢……你就會像這樣離開我。就算說了朋友之類的話，但重視的果然只有女朋友，像我這種人很快就會被忘記吧。」

她吸著鼻子這麼說，打算走回自己的房間。看到她這樣果然胸口會很難受，我不想見到宮前露出攝影展上那種悲傷的表情。

一想到這裡，我的身體自然地動了起來。

抓住宮前的肩膀拉住她。

「嘿等等！」

從宮前拿出筆記的包包裡，能看到貝雷帽跟鋼筆。我把手伸進包包，戴起帽子握住鋼筆。感覺就像是漫畫之神。

「桐島～」

宮前露出破涕為笑的表情。

「謝謝你～」

「玩完之後我們就是朋友了，永遠都是朋友！」

「嗯，是朋友。我不會再要任性了，我保證。」

宮前正努力讓自己成長，但人是不會突然改變的。所以我願意稍微體諒宮前的心情，陪她玩朋友遊戲。只要我好好維持做朋友的底線，就不會有任何問題。

就這樣——

「就來嘗試看看。」

「玩玩看吧！」

於是我們就這麼玩了起來。

第15話 漫畫

在朋友間的羈絆中，朝著相同目標一同努力的同伴意識尤其強力。
筆記上寫著這樣的主張。
確實，在社團活動中，同個隊伍的人以參加全國大賽為目標，或是為了合唱比賽留校練習直到放學的話，那些人之間就會形成一股特別的同伴意識。
而這次為了建立羈絆，筆記做出的提議是——
漫畫的原作和作畫。
由一個人撰寫腳本跟故事，另一個人畫圖來完成漫畫。
以暢銷漫畫為目標拚命努力，有時還會起爭執。當撐過辛苦的週刊連載時，兩人之間將會形成獨一無二的羈絆，筆記是這麼主張的。
「就玩這個吧！」
宮前翻開少年週刊雜誌的頁面給我看，上面寫著漫畫新人獎的募集事項。
沒錯，這次的朋友遊戲，是兩人一起創作漫畫，為了出道報名參賽。
「桐島負責畫，故事由我來寫。」
「我不會畫畫。」

「就說桐島可以嘛。你不是戴著貝雷帽，握著G筆嗎？」
「確實，我有種能做到的感覺。」
「那就來試試看吧！」
我們立刻在宮前的房間裡構思漫畫。朋友遊戲的規則是要在一個晚上製作出參加比賽的原稿。
雖然感覺很蠢，但筆記的主張是時程愈緊，兩人之間的羈絆就會愈牢固。
「是要以友情、努力、勝利的概念來創作吧？」
「那當然。」
我們激烈地互相討論，然後製作出了大致的故事綱要。講述的是一群感情融洽的少年打倒讓鎮上陷入恐慌的罪犯的故事。因為是短篇作品，所以我們判斷劇情愈單純愈好。
光是構思這一點就花了我們兩個小時。
大學校慶回來時已經是傍晚，因此現在外面一片漆黑，肚子也餓了。
「沒時間了，就吃泡麵吧。」
「是啊。」
我們去便利商店買了泡麵。
「感覺會熬夜，也買點宵夜吧。」
「真令人興奮～！還有零食，零食也要買！」
回到房間之後，我們燒好熱水吃了泡麵，接著邊吃巧克力邊設計角色。這是我該努力的地方。
我盡全力畫好了所有角色，然後拿給宮前看。

「火柴人……」

「不，這只是草圖！正式畫出來的時候肯定會更好！大概！」

故事架構跟角色構思完成後，我們開始製作分鏡稿。分鏡稿是漫畫的草稿，到了這個階段，負責劇本的宮前就幾乎沒事情好做了。但是她會在我身邊提出像是「這個格子加大怎麼樣？」或是「調整頁面順序會不會比較好懂？」之類的點子。

因為是自己製作的漫畫，很自然地產生了熱愛。

「不覺得感覺不錯嗎？」

「嗯，我也有種能出道的感覺了。」

「要是登上連載會有點麻煩呢，大學怎麼辦？」

「如果感覺能勝任漫畫家的話，就算休學也無所謂吧。」

「筆名呢？我們兩個人共用比較好。」

「也得想想怎麼簽名才行呢～」

「來練習吧，練習簽名。」

甚至連製作電影版時的演員陣容，還有上映第一天作為原作者登台時要講的內容都想好了。想到要去東京，宮前連公寓都開始找了。回過神來已經到了深夜。

「宮前，不好了！已經換日了！」

「糟糕了咩！要是不遵守截稿日，就沒辦法上週刊連載了！」

我們趕緊回神製作原稿。

努力在紙上作畫。
我坐在椅子上，用放在桌上的白紙畫圖，宮前在一旁表情認真地盯著我看。
我們一邊互相提出想法一邊製作著漫畫。雖然有點累人但確實很開心，有種兩人一同努力的感覺，這是我至今沒體會過的經驗。
夜色逐漸深沉。
秒針跳動的聲音。
雖然累積了不少疲勞，但由於對方也一樣，產生了一種神祕的連帶感。
這本《朋友筆記》只是我們之前玩的方式不太對而已。雖然作者的智商應該沒有一八〇，但這其實是一本非常認真的書吧。不過——
轉折發生在我們準備將擔任主角的少年們在學校感情融洽地相處的場景完稿的時候。
我試圖想表現角色們在玩「黑白配」及「手指相撲」等古早遊戲的感覺，但無奈是第一次畫漫畫，導致怎麼做都不對。
「火柴人變成孑孓了……」
「不，就說很難了嘛。」
「筆記上寫說畫漫畫時要注重真實感，要不要實際玩玩看呢？」
宮前這麼說著，於是我們實際開始玩起「黑白切」。由於宮前輸了，我彈了一下她的額頭。
「好痛！」
宮前用手摀住額頭。

「抱歉。」

「不會。」

被我彈了額頭之後，不知為何她的臉頰變得有些泛紅。

「接下來輪到手指相撲的場景了呢。」

宮前再次落敗，我掀起她毛衣的袖子，用手指拍打了她露出的白皙手臂。

啪的一聲。

宮前臉頰再次變紅，目不轉睛地盯著被我拍打的手臂，看起來似乎有點開心，是錯覺嗎？

「那、那麼，我要畫了。」

我這麼說著走向原稿，但是——

「果然還是算了。」

「咦？」

「把那個場景換成比腕力。」

「嗯……是無所謂啦。」

「那就來比腕力吧，真實感很重要吧。」

「喔、喔。」

我跟宮前面對面握住了彼此的手，她的臉頰再次泛起紅潤。

「桐島的手意外的大呢，力量也很強……」

之後宮前又多次要求更改場景。從比腕力換成相撲、最後變成了摔角遊戲。完全是以近距離接觸為目的，不僅比相撲時會用比起互推更溫柔的力道抱著我，摔角時即使被我壓在身上露出難受的表情，卻又一副很享受的樣子，最後終於——

「果然還是換一下……」

宮前語氣害羞地開了口。

「……換成野球拳。」

「出現了很下流的東西耶！」

所謂的野球拳，就是猜拳，然後輸掉的一方要脫一件衣服的遊戲。

「才、才不下流呢！」

宮前滿臉通紅地提出抗議。

「這是男生們在學校遊玩的場景，很正常啦！」

「但是妳打算重現吧？」

「真實感很重要嘛……」

「不，說到底，那個場景只要傳達出他們感情融洽就行了，所以用黑白配還是比腕力也行吧？」

「吵死了吵死了，負責作畫的人只要乖乖聽原作者的話就好了！」

「啊～！這是差勁的原作者會說的話喔！差勁的作者！」

「我會出石頭喔！剪刀石頭～」

宮前趁勢開始跟我猜拳，因為她說了會出石頭，我反射性地出了布。

「既、既然輸了也沒辦法呢……」

她基本上是個純真的女孩，光是抓著毛衣下襬就會忸忸怩怩的。

「不用勉強自己也沒關係喔。」

「不，這是懲罰遊戲嘛，我會好好做的。」

宮前這麼說著脫掉了毛衣。她扭動身子，看起來十分害羞。但是——

「繼續玩吧，我還會出石頭。」

或許是深夜的氣氛，跟勉強自己畫不習慣的漫畫的緣故，使我腦袋有些發熱吧。我再次出了布。

「又輸了呢……」

宮前解開了裙子的釦環。

「我接下來還會出石頭喔。」

我繼續出了布，宮前脫掉了絲襪。接著又重複了好幾次，最後宮前身上只剩下內衣跟吊帶背心，白皙的肌膚，修長滑嫩的雙腳一覽無遺。

在我的注視下，宮前扭動著身體。但她即使轉過身，只不過是把屁股展示在我眼前罷了。就算想要遮掩，也沒有東西能夠藏身，使她露出了像是持續受到屈辱的表情。宮前內衣的布料很少。心中湧起「想多看一點宮前害羞的模樣」這種沒來由的衝動。當然，我忍了下來。

「……回到原稿上吧。」

「……嗯。」

我坐在椅子上，打算描繪角色們玩野球拳的場景。就在這個時候——

「喂、喂！」

宮前穿著內衣跟吊帶背心倚靠在我身邊。

「穿好衣服啦。」

「房間很熱，暫時這樣就好。」

就算害羞地縮起身子，宮前依然將她滑嫩的肌膚貼在我身上。俏麗的臉龐靠得很近，往下一看就能窺見雙峰之間的溝，以及白皙的肌膚。

「宮前，就說這樣不行了。」

「為什麼？」

「畢竟我們是朋友啊。」

「正因為是朋友，才不會做那種事對吧？」

「嗯，那當然。」

「就是說啊。要是桐島有那方面的想法，我認為那就不算朋友，而是情侶了。」

「理論會不會太跳躍了？」

「事實就是這樣嘛。我們接下來可是要用朋友身分一直在一起喔？桐島要是有那種想法的話，不就代表總有一天會發生那種關係嗎？還是說桐島你已經有那種感覺了？」

「不，沒有……畢竟我們是朋友。」

「既然如此不就行了，我們只不過是在一起製作漫畫而已。」

宮前這麼說著，進一步貼到我身邊。柔順的頭髮搭在我的簡便和服上，有種莫名的香氣。
但是好吧，既然宮前這麼說，我就接受這個挑戰。
「宮前說的沒錯，我們是朋友，不會產生那種想法。就算被這麼做也完全沒問題。」
我這麼說著畫起原稿。為了讓她放棄，我只能這麼做。我將心思放在漫畫上，不停地動著筆。
宮前看起來似乎很不滿。
當夜晚就這麼逐漸加深的時候——
「高潮情境我想稍微改一下。」
宮前說著。
高潮部分是少年們收拾潛藏在城鎮中的罪犯的場景，少年們使用了前面場景的相撲和摔角技巧打敗了犯人。
「妳想怎麼改？」
反正一定是些不正經的內容吧，但我會撐住的。我懷著這種想法對宮前問著。
「既然要解決犯人，代表結尾會用必殺技吧？」
「嗯。會用同伴們平時玩的遊戲來打倒犯人。這麼一來，作為友情的故事軸心就成立了。所以也可以用彈額頭或打手背來解決犯人。」
「我還記得小學的時候，男生在教室裡玩的遊戲。大家都笑得很開心，似乎也很有威力，我認為那最適合當成必殺技。」
「是怎樣的遊戲？」

雖然有種非常不好的預感，但我還是開口問了。

宮前連耳朵都變得通紅，害羞地說著。

「就是讓對方躺在地板上，抓住雙腳，把自己的腳放進對方的雙腿之間……不斷震動的那個……」

「還真是想到了不得了的東西耶，宮前，那個——」

是只允許小孩子玩的傳說遊戲，充滿羞恥跟快感。

以及些許的恐怖——

「不就是電氣按摩嗎……」

◇

「好、好害羞……」

宮前別開視線這麼說著，但是——

「該害羞的人毫無疑問應該是我才對吧！」

目前我張開雙腳仰躺在地板上，站著的宮前正握著我的腳踝。

小時候覺得無所謂的事，長大後會覺得很丟臉。這種事情很常見。這個姿勢也是這樣，簡直就像被羞辱了似的。

「趕快做吧，一口氣搞定！」

再怎麼說我也不能對宮前做電氣按摩，因此我就這麼變成了承受的一方。但這感覺比預料中還要那個，十分令人害羞。

我滿腦子都是想要快點結束的心情。

「但、但是……」

宮前顯得很猶豫。

「回想起小學時教室後面的情境吧！大家都把知性跟理性拋諸腦後，腦袋一片空白對吧！」

「可、可是啊～！」

「快點做！腦袋放空！」

然後立刻讓我從這種羞恥的動作中解放吧。

「我、我知道了。」

宮前用腳掌抵住我的雙腿之間，然後——

開始摩擦了起來。

「喂～～～～～！」

我維持著嬰兒換尿布的姿勢開口吐槽。

「為什麼是用摩擦的啊！這裡應該要用力撞上來吧！如果用摩擦的，情況會變得很奇怪吧～！」

「因、因為～！」

宮前一副暈頭轉向的樣子開口。

「人家又不知道該用多大的力氣嘛～！」
「好，那就停手吧！」
「不、不行！」
「這是為了漫畫的真實性。」宮前說著。在奇怪的地方很認真呢。
「我、我會好好做的。不過時機交給我，桐島不准插嘴！」
宮前的語氣很強硬。無奈之下我只能拚命忍耐，等待宮前帶入小學男生的心境。
「桐島，不會痛嗎？」
「嗯，不要緊的。」
雖然是理所當然的，宮前不太習慣電氣按摩，動作非常溫柔。
我能感受到宮前柔軟的腳掌。
在只有兩個人的深夜房間裡，宮前緩慢、溫柔地，像是在推擠一樣地不停用腳掌踩著我。
「桐島……我……感覺怪怪的……」
「有奇怪的感覺是不行的吧……我們可是為了漫畫取材才做的……」
即使這麼說，我也因為滿腦子都在想漫畫，情緒莫名地變得亢奮。導致被宮前濕潤的氛圍牽著鼻子走。
「桐島……」
宮前臉頰泛紅，溫柔地不停踩著我。
她身上只穿著內衣跟吊帶背心，腳是裸露的。在深夜寧靜的房間裡，我們兩個的呼吸，以及溫柔的踩踏行為。

我仰躺在地上，從下方抬頭看著宮前。

她有著白皙修長的雙腳，在那之上的內褲布料非常少，腰的附近綁著繩子，雙腳之間的情況也非常養眼。

「啊。」

注意到我的視線後，宮前害羞地扭動身子，但是──

「……可以喔，桐島想怎麼看都行。」

她這麼說著，戰戰兢兢地打開雙腿。

「這件內衣……本來就是想著桐島才買的……」

我一邊看著宮前美麗的雙腳及危險的內衣，一邊不停地被踩踏著。能夠感受到宮前腳趾的細膩動作。

彷彿打開了一扇嶄新的大門。此刻我腦中閃過的，是活過明治、大正、昭和三個時代的大文豪。沒錯，又是那位谷崎潤一郎。

谷崎潤一郎在著作《春琴抄》中，描述了男僕把侍奉的小姐冰冷的腳放在自己的臉頰上，《瘋癲老人日記》裡也有老人被兒媳婦的腳踩住而感到高興的場景。

被美麗的女人用腳踩踏。

這是十分唯美的事。雖然有人會反對，但那已經被文部科學省給否決了。國語資料集中已經表示谷崎潤一郎屬於唯美派，這是無庸置疑的。換句話說，這是一件非常文學性的行為。

宮前露出了雪白的肌膚，不停地踩著我。
這的確有某種扭曲的，令人陶醉的事物，讓人想就這麼沉淪下去，但是——
「宮前，住手吧。」
我說著。
「這不是電氣按摩。」
我能夠暫時化身為谷崎，就這麼沉浸在文學性的行為中。
但是我們需要的不是這種東西。
我設法靠理性忍了下來。
「如果做不到，就該停手了。」
「……是呢。」
宮前意外乾脆地放棄了。
「我沒辦法用力地動，一直會擔心桐島要不要緊。」
她是個溫柔的女孩子。
「那麼，朋友遊戲就到此為止吧——」
當我這麼說著站起身的時候。
宮前跟我交換位置躺在地板上。
「嗯？」
「因為我做不到——」

宮前很害羞似的縮起身子開了口。

「換桐島來對我做吧。」

◇

深夜的情緒此時達到高潮。

宮前躺在地板上，我站著握住她的兩隻腳踝，腳掌輕輕地貼在她的那裡。

「嗚、嗚嗚～」

她害羞地摀著臉全身發抖，剛剛還試圖把吊帶背心往下拉來遮住許多地方，但連大腿都遮不住而作罷了。

「放棄也沒關係喔。」

「要做！為了漫畫的真實感！」

「真是頑固耶～」

在這方面追求真實性的漫畫家究竟有多少呢？

「而且，我們是朋友對吧？」

「嗯。」

「如果是朋友的話……我認為就該做男生們在教室後面玩的遊戲。」

「是嗎～？」

雖然感覺那僅限小學生，但只要畫完這個場景，漫畫就完成了。也不會有進一步的發展，最後就算如宮前所願也無所謂吧。

「別後悔喔。」

「嗯。」

宮前點了點頭，於是我開始移動自己的腳，但是——

「桐、桐島……」

「幹嘛？」

「為什麼用摩擦的？不是要用力撞嗎？」

「不是，該說我也擔心會太用力，還是怎麼說呢……」

小學生男生真厲害，居然能毫不猶豫做這種事。

「可、可以喔。」

宮前臉頰泛紅，別開視線說著。

「一開始慢慢來吧，這樣子我也……覺得……比較好。」

聽她這麼說，我慢慢地動起腳。腳底能感覺到宮前的內褲。震動的刺激使得宮前使勁想併起腳，柔軟的大腿夾住了我的腳，我就這麼慢慢地動了起來。

摩擦、摩擦、摩擦、摩擦。

宮前的臉愈變愈紅。

摩擦、摩擦、摩擦、摩擦——

她的呼吸開始混雜著甜膩的氣息。

腳底傳來濕氣，宮前扭動身體，弓起了腰。有時還會做出迎合的動作。

敬啟，谷崎潤一郎老師。

這句話有傳達到您那裡嗎？

您在天國看得見這副光景嗎？

我從您寫的作品《細雪》、《春琴抄》和《痴人之愛》學了很多。

您把被女人踩的事情描寫得非常美麗，將這份美好教給了我。

然後現在，時代比起您經過三個時代有了巨大的進步。

我懷著從老師那裡受到的薰陶，朝著老師感受之物的未來邁進。

「桐島、桐島……」

我不僅被美麗的女孩踐踏，甚至會踩踏美麗的女孩。

「啊、呀、啊……」

宮前那裡的濕氣愈來愈重。

美麗的女孩在我腳下掙扎著。

我是何等罪孽深重的人啊。

「桐島、桐島……不要……啊……」

宮前的腰挺了起來，使我湧起想要多看一點，美麗的女孩在我腳下失控、掙扎的模樣。懷著這種想法，我繼續動著腳。

「不行……桐島，現在不可以啦……」

在雪白的紙上潑墨，踩踏美麗的女孩或許就是這樣的行為吧。我沉浸在玷汙美麗事物的快感之中。

「要變得奇怪了啦……桐島、啊、呀──」

宮前的身體像一條白魚般跳動著。

啊啊。

谷崎老師，這就是文學吧，但是──

我現在需要的不是文學，而是漫畫。谷崎老師，我不是在寫作，而是打算畫漫畫。需要的不是這種文學性的撫摸，而是小學生在教室後面笑著玩的那個。

所以，我帶著小學生那種天真又無情的心情，用力地動起腳。

「桐島、啊、怎麼這樣──！」

宮前的腰一直懸空著。

她彎著腰桿，朝天花板挺起美麗的腹部。

「好激……啊、又來！」

宮前失控地呻吟著。

「怎麼辦、忍不住了……桐島、我喜歡……喜歡你……」

她好像完全不明白發生了什麼事，只是露出一副恍惚的表情顫抖著身體。

在想要觀看美麗的宮前扭動身體掙扎的心情，以及替漫畫取材的使命感驅使之下，我不停地動著腳。

究竟做了多久呢？

「桐島，不行！」

此時宮前忽然用力合起雙腳。

「那個……等等……有點那個。」

她害羞地請求我停下動作，但我沒有停手。

「慢、就說不行啦！會、會去的！」

即使如此我還是不停動著腳。

這是因為小學男生不會就此住手。

「拜託，桐島！」

宮前眼眶泛淚地說著。

「待會兒你想怎麼做，要做什麼都行。但是現在稍微停一下，就一下下，五分鐘就好。讓我去廁——」

換作小學男生被要求住手，肯定會做出相反的事。所以我更加用力地震動腳。

「啊、要來了！啊、不要——」

宮前用手摀著臉。

「不行、騙人！」

接著夾緊雙腿。

「我明明已經是個大學生，已經二十歲了——」

宮前全身用力試圖做最後的抵抗。但她應該也很清楚，那個瞬間將會到來。

「討厭、不行，已經忍不住——」

為了摧毀宮前最後的抵抗，想見識美麗的女孩因此會變得怎樣，我加重了腳上的力道。而她或許也對自己會變得如何抱持著些許的興趣也說不定。那究竟是美好的、是快樂的，還是其他的什麼東西呢？

「嗚咿、呼啊、哇啊。」

我明白宮前已經放棄了，她放鬆了身體，然後——

「哇啊～～！」

宮前流出的溫熱液體沾濕了我的腳。液體不斷流出，最後在地板形成了一片水窪。

我盯著宮前因為害羞濕透的模樣看了一會兒。

然後開始思考。

《朋友筆記》應該盡快燒掉才對。

◇

美麗的早晨陽光從窗外照了進來。

「漫畫完成了呢。」

「是啊。」

「能得獎嗎？」

「會的。」

在那之後，宮前去洗了澡。並對自己搞砸的事情感到害羞，便一直躲在浴室裡。我能明白她的心情。

「我也太過頭了，抱歉。不過，那是《朋友筆記》讓我們作的一場惡夢而已。」

我這麼試著說服她。

「夢？」

「沒錯，是現實中不會發生，沒有發生過的事。」

「沒有發生……全都沒發生……嗯，沒發生過！」

於是宮前離開浴室，我們兩人一起完成漫畫，裝進褐色信封裡，扔進郵筒寄給東京的出版社。

「做到了呢。」

「嗯，我們做完了。」

晴朗的早晨，有種愜意的疲勞感。

「好睏。」

宮前揉了揉眼睛。

「總之我也回房間睡覺吧。」

當我這麼說著準備站起來的時候。

「喂、喂！」

宮前從身後抱了上來。

「……一起睡吧。」

「妳在說什麼啊。」

朋友遊戲已經結束了。不過，宮前似乎是認真的。在我準備離開的時候，她就會用盡力氣緊抱著我。

「不是約好了要當朋友嗎？」

「我已經不能當朋友了，畢竟我果然還是喜歡桐島嘛。」

據說她在攝影展的時候就已經下定了決心。

「會懂我的人、珍惜我的人只有桐島一個嘛。」

她不像是開玩笑，語氣充滿了認真的氛圍，可是——

「妳很清楚我在跟遠野交往吧。」

「嗯，所以啊。」宮前把臉貼在我背上說著。

「我可以當桐島那方面的朋友。」

「那方面的朋友。」

「就是桐島想做的時候就能做的方便朋友，我只要這樣就可以了。」

「不、不行，怎麼可能可以。而且我也不想那樣對待宮前。」

「可是，桐島對我的身體，對我有所反應。」

宮前繞到我的正面，將胸部貼了上來，然後滿臉通紅地說著。

「剛剛跟你玩朋友遊戲的時候我就確定了。」

好像是因此獲得了自信。

「剛剛桐島也紅著臉看著我。」

因為準備睡覺，宮前身上穿著睡衣。這件睡衣的布料很薄，身體曲線跟內衣的紋路都很明顯，我忍不住看了過去。

「沒關係的，桐島可以做你想做的事，隨意擺布我喔。把我當成那樣的朋友吧。我不會說麻煩的話，也絕對不會告訴遠野。」

「就、就說不行啦。」

我抓住宮前的肩膀，把她推開。

「為什麼？為什麼不行呢？對桐島來說沒有任何壞處吧？」

宮前再次抱住了我，並無意識地將下腹部貼了上來。

「在遠野去集訓的時候用我就行了，這樣我就會很開心。只要是桐島想做的，無論什麼事情都能做。」

宮前察覺到了我委婉的拒絕，露出一副泫然欲泣的表情，用懇求的態度說出了這種話。

「我是真心喜歡桐島。剛剛那件事雖然非常害羞，但果然還是不能當作沒發生過。畢竟這是跟桐島的回憶嘛。我不想當作不存在。」

「因為不能當女朋友，所以想成為那樣的朋友，光是這樣我就很幸福了。」宮前不肯退讓地繼續說。

「你可以踩我、打我，怎麼欺負我都可以喔。因為我是第一次，一開始可能會害羞導致什麼都做不好，但只要是桐島想要的，我什麼都願意做，所以拜託你。」

「宮前，妳要更愛惜自己！」

但是宮前不聽我的話，開始脫起睡衣。

我們反覆進行著「快住手」、「才不要」這樣的爭執。

「宮前，冷靜點！妳只是因為熬夜情緒變得奇怪了而已！」

「才不是呢！我一直都想跟桐島做！」

「畢竟……」說到這裡，宮前放低了音量。

「我一直隔著牆壁，在聽桐島跟遠野做嘛。」

據說那時候她總是會一個人自我安慰。

「我也喜歡桐島，也想做遠野做過的事，而且桐島也對我有反應——」

「既然如此……」宮前說著整個人貼了上來。

「就把我當成這樣的朋友吧。我不能當女朋友，也不能約會。既然如此，我希望能至少有這樣的關係。我喜歡桐島，不是桐島就不行。」

「不行不行。」

「為什麼？為什麼不行呢？這對桐島來說不是件壞事吧？」

我一邊拉開貼在身上的宮前，一邊朝著出口走去。必須盡快離開這個房間才行。要問為什麼，因為宮前實在太有魅力了。

不僅長得好看、身材曼妙，內衣也相當有品味。簡單來說，誘惑是成功的。正因如此，我必須快點逃出這裡。

「桐島～不要走嘛～」

宮前追了上來。

「桐島缺錢的時候我會給你嘛～！」

宮前……

明明那麼漂亮。

個性也很老實。

但真是個愚蠢的女孩子啊！

「宮前，我希望妳能幸福，所以這樣不好啦！」

「沒有桐島，我不會變得幸福啦～！」

再這樣下去，感覺真的會變得一團混亂，於是我穿上木屐，為了走出門外握住了握把。

攝影展的那件事再加上熬夜玩朋友遊戲，導致宮前的情緒失控了。過一段時間她應該就會冷靜下來才對。

我這麼想著，開門走了出去。宮前一邊吸著鼻涕，一邊光著腳抱住了我的腿。

「不要拋棄我～」

「我沒有拋棄妳啦！」

當我們做著這種事的時候。

突然間，我感覺到人的氣息。

我往隔壁房間一看。

遠野正蹲坐在那裡。

「早安。」

接著她起身看著我和宮前。宮前的睡衣被弄亂露出了內衣，而我也因為被她抱著，身上只穿了一件簡便和服。

遠野默默地看著我們，接著慢慢地抓住宮前的雙手把她拉開。

然後用非常冷漠的語氣說道。

「小栞，在交男朋友之前，請不要再接近桐島同學了。」

第16話 思念的形式

「你想把京都變成地獄嗎～！」

濱波發出慘叫，這是在大學餐廳發生的事。

中午的時候，我偶然看見了濱波，便將事情的經過告訴了她。

「我說過了吧？警告過你了吧？」

「真是丟臉。」

「話說回來，遠野學姊一整晚都坐在門前面嗎？」

「似乎是因為我跟宮前半夜吵了起來，她隔著牆壁發現了。」

起初遠野以為我們只是在玩所以打算放著不管，但她很清楚宮前喜歡我。

「所以才變得坐立難安了呢。」

「畢竟男女在同一個房間待到早上嘛，她對此好像很擔心。」

因為我跟宮前是朋友，身為女友的遠野很猶豫該不該阻止我們玩在一起，所以她才會煩惱到坐在門前。

秋天晚上的氣溫很低，遠野的身體十分冰冷。

「就這麼等了一會兒之後，撞見了兩人衣衫不整地從房間裡出來的光景。」

「就是這樣。」

「你、你們這兩個蠢貨～！」

濱波大叫了一聲之後，立刻恢復了冷靜。

「然後遠野學姊責備了宮前學姊，宮前學姊有乖乖聽話嗎？」

「不，我們發生了爭執。」

遠野態度堅定地說。

『不要接近桐島同學。』

對此宮前即使低著頭一副快要哭出來的樣子，但還是回了嘴。

『我也喜歡桐島嘛。在他跟遠野交往之前，我就喜歡他了嘛。雖然因為知道遠野喜歡他忍了下來，但果然還是喜歡，沒辦法嘛……』

沒錯。

宮前顧慮到身為朋友的遠野，一直忍著自己的心意。

遠野也有讓對方忍耐的自覺，所以在聽到宮前的話之後，她明顯地動搖了。

她一臉不安地看著我。

宮前也求救似的盯著我看。

被夾在兩者之間的我，不得不做出選擇。心裡非常難受。但也不能什麼都不說，所以——

『我是遠野的男朋友。』

我這麼說完站在遠野身邊。

宮前，抱歉。我試圖把「請妳諒解」這種心情表現在臉上。

但宮前沒有看我的臉，而是一把鼻涕一把眼淚地哭著回到了自己的房間去。

宮前被傷得很深，但不只是她，遠野也是一樣。

『是我做錯了嗎？』

遠野低著頭說。

『遠野沒有錯，因為妳是我的女朋友。抱歉，讓妳擔心了。』

儘管我這麼說，遠野依然很消沉。

那天就這麼結束了。

「——原來如此。」

濱波說著。

「於是遠野學姊跟宮前學姊之間就這麼產生了裂痕呢。」

「是啊。」

我吃著學校餐廳的無配料烏龍麵點了點頭。

「烤魚會該怎麼辦？」

「還沒決定下次舉辦的日期。」

「…………」

濱波慢慢地站了起來，慢慢地做起伸展，接著轉了轉脖子，用今天最響亮的聲音開口說道。

「記住種子島！記住十年後的約定！」

「濱波的狀態絕佳呢～」
「這是誰的錯啊～！我可是很喜歡一起去夏天海邊的你們喔！」
我也一樣。
而且我認為還能回到那個時候。
「沒問題，現在還有辦法解決。」
「哎呀，意外地挺樂觀耶。」
「遠野跟宮前沒有絕交，尤其是遠野認為，只要宮前好好交個男友，就算我跟宮前待在一起也無所謂。」
「的確是呢……」
濱波稍微想了一會兒之後開口。
「依照宮前學姊的個性，只要交了男朋友就會一股腦陷進去，然後跟桐島學長變成感情不錯的朋友，甚至可能會不再重視桐島學長。」
「就是這樣。宮前就是這種類型的女孩子。」
我應該做的事，就是好好地對宮前表示自己不能跟她交往。
不過在那之前，首先要照顧好遠野。
這是在我跟濱波一起吃過午飯上完課，回到山女莊自己房間時的事。
我把房裡宮前送給我的東西扔進垃圾袋。
不光是外套跟手錶，甚至連錢包跟手提包都有。這些都是宮前認為很適合才買來送我的。

『你打算放多久呢？』

遠野這麼說著。

『你不會拿來用吧……？』

她本來應該不打算說這種話才對。但是既然發生了那種事，就必須講出來才行。但遠野在說完之後，表情像陷入自我厭惡一般十分消沉。

『抱歉讓妳感到不安了。』

我向遠野道歉。

遠野沒有做任何錯事。做為男友，穿戴其他女孩子送的東西是不誠實的，像這種不會用到的東西一直放著也很奇怪。

遠野的想法非常正常，我也很能理解。但即使如此我還是沒有扔掉，是考慮到宮前的心情之後，不曉得一次都沒穿直接扔掉究竟好不好。

但是，既然狀況變成這樣，就不能講這種話了。

我將那些東西塞進垃圾袋，但是，就這麼隨便扔掉讓我有點於心不忍，於是用我喜歡的包袱布仔細包好再放進垃圾袋。由於指定的垃圾袋是透明的，這麼做也包含了讓外面看不到的意圖，但是反而適得其反。

讓宮前發現了。

我趁著晚上把袋子放進了垃圾場，山女莊的垃圾場就在馬路的對面。

她大概是透過我把中意的包袱布裝進垃圾袋才注意到的吧。

在我鑽進被窩準備睡覺的時候，外面傳來了女孩子哭泣的聲音。

朝窗外一看，發現宮前正站在垃圾場前。從外表看來，她大概剛結束補習班的打工。

她似乎看了包袱布的內容物，泣不成聲。她發出嗚咽，哭到感覺連呼吸都變得困難。

我實在很想立刻衝出房間安慰宮前，向她道歉，並對她說各式各樣的話。但是，我不能夠那麼做。

宮前一邊哭，一邊很珍惜地抱著垃圾袋，走進了櫻華廈。

我懷著胸口彷彿會被壓碎般的心情看著她的背影。

如果我能成為宮前的男友，究竟會有多開心呢。能夠穿戴宮前送給我的衣服跟手錶一起出門，她一定會很開心吧。然後我會這麼對她說：

『即使不送任何東西，我也會一直喜歡宮前。』

實在很想對她這麼說。

接著兩人一起去各式各樣的地方拍照，我不停鼓勵宮前，她的拍照技術也愈來愈好。

也會前往九州跟宮前的奶奶見面，然後這麼說：

『沒問題的，我會一直陪在她身邊。』

希望宮前成為一個幸福的女孩。

但是，做這件事的人肯定不是我。

◇

秋天即將結束。

伴隨著季節更迭，我們的關係有可能產生變化，也或許會跟季節變動一樣回到原狀，無法預料會變得怎樣。

自從那件事之後，遠野跟宮前似乎就沒有講過話。明明曾經關係那麼融洽，現在卻為了不遇到彼此，錯開時間各自去學校。

遠野對此非常消沉。

「是我的錯嗎？」

她好像在跟我交往之前，就隱約察覺宮前喜歡我了。

「那個時候，如果我有好好考慮小栞的心情的話……」

「沒事的，我會想辦法。」

只要有空的時候，我就會去哲學之道散步。

這是為了思考今後該怎麼辦。

我確認了自己的定位，就是要重視身為女友的遠野，然後跟宮前以朋友身分來往。但這麼一來，有個矛盾浮現在我的心頭。

就是橘同學。

明明抱持著重視遠野不回應宮前愛意的態度，但我跟橘同學卻維持著關係。

事情發生在遠野跟宮前吵架的幾天後。

這天我也跟著橘同學參加其他大學的校慶，在休息室跟她接吻，把站上舞台疲憊不堪的她帶回房間，在床上抱著橘同學的背安撫她。

我認為這樣非常矛盾。

明明如此拒絕宮前，卻跟橘同學做這種事。

我腦中忽然閃過她哭著抱住裝有送給我的禮物的垃圾袋，走進櫻華廈時的背影。

我的煩惱或許也傳到了抱著橘同學的手上。

她抬起頭盯著我看。

『怎麼了？』

橘同學看起來像是在這麼說。這個時候即使不用白板，光看表情我們就能理解對方的意思。

『是我的錯？』

我搖了搖頭。

「不要緊，沒事的。」

橘同學的直覺很敏銳。即使我這麼說，她還是發現出了某種問題，用像是在說『對不起喔』的眼神看著我。隨後或許是覺得有責任，她那如同玻璃珠般的雙眼浮現了不安。

『對不起，又給你添麻煩了，對不起。』

當橘同學薄嫩的嘴唇開始顫抖時，我用力抱住了她。

她是個如同玻璃般脆弱的女孩子。

時間停滯不前的女孩子。

我隔著睡衣感受著橘同學的輪廓。

跟橘同學擁抱，是一種彷彿被溫暖的雨水包覆，既美麗又溫柔的感覺。我非常了解這個女孩，而就算十分了解，她還是一樣虛幻又神祕。

在我們一直擁抱接吻時，我不知不覺地有了那方面的興致。發現這一點後，橘同學主動脫掉了睡衣，也解開我的簡便和服。只穿著內衣褲擁抱彼此。能感受到她滑嫩的肌膚。

最近我們一直都是這樣。也沒有做出更進一步的事。這可以說是我們還保有理智，同時也知道如果繼續下去，將會導致從重逢到現在刻意沒有說出口的話語跟感情將會湧出，造成某種決定性的改變。

不過，今天我莫名的被進一步之後的事物吸引了。

跟橘同學互相依存的未來，肯定具毀滅性又相當舒適。

乾脆就這樣做下去吧。

我將手伸進了橘同學的內衣，左手碰著她的胸部，右手撫摸著她溫熱又潮濕的地方。

橘同學吐出了寂寞的氣息，我還記得逐漸進入橘同學狹窄身體的感覺，以及之後帶來的快感。

她像是在說「可以喔」似的將下腹部抵了上來。

跟成為大人的橘同學做，肯定會有不同的感覺，以及不同的含意吧。

也能就這麼陷入感傷的情緒，跳進橘同學靜止的時間中，跟她交融在一起。

跟宮前不同，橘同學在秋天結束後會離開京都。像這樣跟橘同學發生關係，是為了讓她能站上舞台，逼不得已才做的。

也能像這樣找藉口。

但是——

「抱歉，橘同學。妳果然……」

我不認為這麼做真的是為她好。

於是我開了口。

「還是變得即使沒有我的幫助，也能站上舞台比較好。」

橘同學失去聲音變得脆弱，並因此無法跟過去一樣在眾人面前演奏。當然，在少數人面前是做得到的。橘同學表示，藝大的考試跟音樂工作室的工作她都沒問題。

所以，司郎不必擔心——她透露出這樣的意思。

雖然我們只有這個秋季才會像這樣抱在一起，但我該做的事不是這樣。

我應該做的，是在真正的意義上幫助橘同學，就算這代表著要拋棄她也一樣。

「我不能一直待在橘同學身邊。但是，我還是希望橘同學能站在舞台上，獲得幸福。」

橘同學將頭倚靠在我的胸口好一陣子。

但是，最後她穿起睡衣站了起來。

接著擺出V字手勢。

『我也知道。』

她從桌上拿起白板寫起字來。

『我會一個人做到的。』

她舉起白板露出笑容。雖然明顯是勉強裝出的笑容，但我無法對此表示意見，因為我認為自己回給她的笑容也十分勉強。

「橘同學一定做得到。」

『嗯。』

我們只能這麼做。

因為不能繼續在這個房間沉浸在兩人世界裡。

我們決定邁出步伐。接著兩人一起喝了咖啡。橘同學的房裡出現了濃縮咖啡機。

「這個很貴吧？」

『嘿嘿！』

橘同學顯得很得意，看來影片的播放量還是一如既往的很不錯。

她刻意挺起了胸部。

我們之間的氣氛就這樣變得明朗，橘同學雖然有點虛張聲勢的感覺，但也恢復了精神，決定下次參加大學校慶時獨自一人站上舞台。

「那麼，我差不多該回自己的房間去了。」

就在我這麼說著，起身準備離開橘同學房間的時候。

橘同學稍微思考了一下，接著舉起白板。

『下次舞台，把宮前同學帶來。』

我點點頭，說著「知道了。」便穿上木屐離開房間。

外面已經完全天黑了。當走出櫻華廈，抬頭仰望星空時，我想著。

橘同學果然是個特別的女孩子，能夠看穿我任何的想法。

◇

桐島埃里希是一個希望別人幸福的人。所以我對橘同學的態度就應該是那樣。我的喜悅並不是抱著橘同學跟她接吻，而是讓她變得幸福。

所以這樣就好，一定是這樣沒錯。

然後，對宮前一定也是這樣。

週末，我站在宮前的房間門前。

叮咚一聲按了門鈴，但宮前既沒有出來，也沒有回應。就在我無奈準備轉身離去的時候。

宮前砰的一聲打開門探出頭來。

「你為什麼立刻就要離開呀！」

「因為宮前都不出來嘛～」

「嗚嗚……」

她先是擺出了懊悔的表情，接著立刻拘謹地說著：「進來吧。」

走進房間一看，裡面好好地放著被我扔掉的外套跟手錶。

見我看到那些東西，宮前頓時露出一副不好意思的表情。

「宮前……」

「你、你今天有什麼事？」

宮前想蒙混過去似的扯開話題。

「反正你也不肯跟我交往吧。」

她表情十分無精打采。

「要不要一起去看橘同學表演？」

「為、為什麼我一定要去看那女孩表演啊！」

久沒見面的我第一句話就提到橘同學，似乎讓宮前十分生氣。

「滾一邊去！」

她這麼說著，把放在床上的玩偶朝我扔了過來。但是當我真的準備離開時，她又半哭半笑地說著：「留下來嘛～」

「宮前～妳就是這點不好喔～」

「因為……」

宮前表情失落地坐在床上。

「橘同學真好呢，可以跟桐島又親又抱的。」

她一邊這麼說，一邊摸著自己的頭髮。

「乾脆把頭髮染成黑色好了。」

「為什麼？」

「因為遠野跟橘同學都是黑髮。」宮前這麼說著。

「我也想變成桐島喜歡的女孩子嘛……」

「我喜歡宮前的頭髮喔。」

「真的嗎？」

她雖然暫時變得開朗，但很快又裝出悶悶不樂的表情。今天宮前好像打算保持這種態度。

「為什麼跟我什麼都不肯做，卻能跟橘同學做那種事呢？雖然從不那麼做就不能上台這件事就能隱約察覺就是了……」

「關於這件事啊——」

我坐在宮前身邊，將我跟橘同學的關係告訴了她。

像是她是我初戀的女孩、高中曾經交往的事，以及經歷許多事之後，因為我的緣故失去了說話能力的事。

「桐島過去談過的痛苦戀愛……對象就是橘同學啊……」

聽我這麼說，宮前似乎接受了。

「這樣啊……所以桐島才會放不下橘同學……」

「嗯，不過，這種關係已經結束了。我說了希望她能獨自站上舞台，橘同學也下定決心要這麼做。」

「橘同學想讓我看到那個呢。」

「就是這麼回事。」

宮前目睹了我和橘同學接吻的場景。當然，對她來說，肯定會產生為什麼跟橘同學做，跟我就不行的心情。

橘同學察覺到我跟宮前存在的問題，並打算一起加以解決。正如想讓宮前整理好心情一般，橘同學也想讓我見識到她變得堅強，足以離開我的模樣。

「知道了……我去……」

宮前表情複雜地點點頭，開始做起準備。

大約一個小時前，橘同學就拖著附輪子的手提包朝會場所在的大學出發了。

我跟宮前也跟著前往會場。

宮前在電車上對我說。

「我沒有把桐島跟橘同學的事告訴遠野。」

「謝啦。」

宮前是個非常惹人憐愛的女孩。雖然這是一趟讓宮前放棄對我心意的旅程，但她似乎很開心能跟我在一起，說著「好想就這樣兩人一起去逛很多地方呢」之類的話。

抵達目的地的市內大學時已經過了中午。

橘同學會登場的舞台還有兩場，這裡跟我就讀的大學。

換句話說，還有兩次機會。

「橘同學沒有上台呢。」

「畢竟還有一點時間。」

我們本來在室外舞台的觀眾席上等著，但果然還是很擔心，便決定去看看情況。

我跟宮前來到休息室的教室外面，從門縫窺探裡面的情況。

「你不進去嗎？」

「因為約好要讓她一個人上台了。」

看來橘同學的手似乎還是抖個不停。

她表情困擾地用手拍著自己的膝蓋，或是咬著自己的手。但儘管如此她還是不停顫抖著，開始東張西望了起來，看起來就像是個迷路的小孩子。

「那是在找桐島吧？」

「嗯。」

「真的好嗎？」

「我必須這麼做。」

橘同學必須獨自克服難關，我無論如何都不能去幫助她。

她慌張地抱住了頭。

「她就是想讓我看這個吧。」

宮前搗著嘴看著橘同學，眼角浮現淚光。

「其實她不想讓人看吧。」

「嗯。」

「但卻為了我，表現出那麼難堪的模樣。」

宮前似乎十分感動。

「是呢。即使事情不順利，或是遇到了難受的事，還是要設法跨越過去，就是這麼回事吧。」

當宮前正準備說出「橘同學，加油！」的時候。

「！」

橘同學發現了我們，然後快步跑了過來，打開門抱住了我。

露出了一臉幸福的表情。

「咦～～！」

一旁的宮前叫了出來。

「我剛剛很感動耶！接下來不是應該稍微努力一下嗎？還給我！把我的感動還來！」

橘同學在我懷裡舉起白板。

『機會還有一次，這次就算了。』

然後拚命向我撒嬌。

「我果然還是不喜歡這個女人啦！」

橘同學是個很會占便宜的女孩子。

到頭來，她還是借用了我的力量站上了舞台。

但是，跟以往有些不同。

我們沒有接吻，她在演奏後也沒有抱住我。

『我自己回去。』

她搖搖晃晃地舉起白板。

『你也不用來我房間。』

換作平時，我會把橘同學送回房間一直陪著她，直到她恢復精神跟體力。但是，橘同學告訴我不必這麼做，她表示要一個人回去，在孤獨中獨自照顧自己疲憊不堪的身體。

我把橘同學送到了當地的車站。

『我會變得能獨自做好的。』

在剪票口前，橘同學看著宮前舉起白板。

『抱歉給大家添麻煩了。』

我只是個外鄉人。

京都沒有自己的容身之處。

橘同學似乎是這麼看待自己的。

我想對她說「並非如此」。但我已經無法回到自己跟橘同學總是待在一起的那個舊校舍的推理社教室了。

時間的流逝令我感到悲傷。

我只能默默地目送橘同學穿過剪票口的背影。

之後我跟宮前沒有直接回去，而是去了伏見稻荷神社。因為沒去過而且距離很近，便決定去參觀看看。

那是一間大量鳥居並排在一起，有著著名的千本鳥居的神社。

「真猛～好厲害～」

「跟照片一樣耶！」

我們一邊不假思索地說著感想，一邊穿過鳥居。但是當觀光的亢奮感逐漸平復後，氣氛變得安寧、平靜。

我跟宮前默默地走了一會兒。

寂寞的氛圍環繞著我們。

「這樣真的可以嗎？」

宮前說著。

「她是你的初戀吧？」

我「嗯」了一聲點點頭。

「這樣就好了。」

「是嗎……」

逛完伏見稻荷神社之後，我跟宮前踏上歸途。

兩人並肩坐在月台的長椅上等著電車。

「有人邀我去約會。」

宮前突然開口。

好像是跟她一起打工的，那個叫森田的同事邀請她一起出去玩。據說是因為看到宮前消沉的樣子很擔心。

「我會去試著約會看看。」

宮前這麼說完，露出既像哭又像笑的表情看著我。

「畢竟那女孩都那麼死心了嘛，哪還輪得到我出場呢。」

宮前的表情看起來變得有些成熟。

「我好像明白了。」

「明白什麼？」

「對他人的思念一定有各種不同的形式吧。就像橘同學思念桐島的方法是離開，桐島對橘同學的思念則是推她一把。」

「而我跟桐島……」宮前繼續說著。

「果然是朋友，很親密的朋友，對吧？」

「嗯。」

此時宮前笑了出來。

「保持朋友身分，我決定用這種方式來表達思念，應該可以吧？」

「嗯，那當然。」

「那麼，就來跟著我約會吧。」
「咦～這裡該說這種話嗎～？」
「畢竟我是個笨女人嘛。又不知道會發生什麼事，要好好保護我啦～！」
「跟大家一起就行了。」宮前說著。
「真拿妳沒辦法，只有第一次喔。」
「嗯。」
雖然感覺好像沒問題了。
宮前這麼說著露出笑容。

◇

許多事情都開始往好的方向運轉了。這一定是因為每個人的勇氣，以及決心帶來的吧。
「雖然我一度擔心事情會變得怎樣。」
大道寺學長說著。
「但宇宙的和平好像守住了。」
我跟大道寺學長、福田三人來到嵐山。
這是為了守望宮前跟她打工地點的同事——森田之間的約會。這是對森田是否適合當宮前男友的最終裁定。如果發生了什麼事，我們就會以中途介入的方式中止這場約會。

不過呢——

「目前看起來感覺很不錯呢。」

福田說著。

約會的開頭是單程嵐電。嵐電是指京福電氣鐵路的嵐山線。也就是所謂的路面電車。車輛採用了大正浪漫風格的懷舊設計。

在森田的帶領下，宮前搭上嵐電前往嵐山。上車前宮前還用單眼相機拍了電車，感覺相當不錯。那個叫森田的男人也對宮前的攝影興趣表示關心。

我們悄悄地跟在宮前他們後面，僅限今天，我沒有穿和服。

跟蹤並沒發生什麼問題。搭乘嵐電時，宮前會不時地偷瞄我們的方向。但在我傳了『別一直往這裡看！』的訊息之後，她就不再這麼做了。

抵達嵐山站之後，宮前也不再留意我們了。

現在他們兩人正走在長辻路上。

長辻路是嵐山的主要幹道，左右有許多有趣的店家，以及行駛中的人力車。

宮前有時會拿著相機拍照，有時會跟森田一起開心地參觀店鋪。

我們一邊吃著豆腐冰淇淋，一邊保持一定的距離跟在他們後面。

「那個叫森田的男人挺不錯的嘛。」

大道寺學長這麼說。

「一定會主動站在靠車道的外側，讓宮前走內側。」

「我也覺得很好。」
福田也同意了學長的說法。
「剛剛他在店裡幫宮前買了香，雖然不算非常細心，但這是我做不到的舉動。」
兩人說完後看著我。
認定森田是不是個好男人的最終決定權在我身上，如果覺得沒問題，我會傳訊息給宮前。
我稍微想了一會兒之後開口。
「再稍微觀望一下吧。」
「桐島真是保護過度呢～」
無論如何我的態度就是會十分慎重。
接著宮前和森田在茶店裡喝了茶，又去寺廟簡單抄了佛經。兩人都有點拘謹，以尚未交往的兩人約會來說這是非常純真，標準的。換句話說就是普通，宮前正是需要這種普通。
「我覺得森田不錯。」
我吃著可樂餅這麼說著，嵐山有很多值得造訪的美味店家。
「或許對宮前表示ＯＫ也沒問題了。」
「不，還是稍微考慮一下比較好。」
大道寺學長說著。
「咦？你的說法跟剛剛好像不太一樣耶？」
「今天我是為了反對桐島的想法才來的。」

「為什麼？」

「這是為了讓你判斷時慎重點。」

「不需要這麼見外吧。」

「宮前只會聽你說的話，不會聽我的意見。」

福田對此也表示同意。

「宮前委託的人是桐島，雖然很抱歉，但我們只能表示意見，不能做出決定。」

這麼說來在居酒屋時他們兩個也是在耍笨呢。

不過，這樣就行了。

讓宮前受苦的人是我，所以我應該負起責任，為宮前的心意負責。

這是只有我能做，我應該做的事。

好好地送宮前離開。

這就是我思念的形式。

「我的願望是在不久的將來，能跟你們一起去種子島。」

大道寺學長說著。

「我喜歡遠野同學跟宮前同學感情融洽的樣子。」

福田也開了口。

我也要背負他們的這種想法。因為即使不是刻意的，打亂這些關係的人也是我，這就是桐島埃里希該做的事。

接著我繼續觀察著宮前和森田。

宮前看起來很開心，這就是一切。

當太陽開始下山時，他們兩個坐在桂川河邊交談著。我沒想到森田這麼會講笑話。我在松樹下面，隔著一段距離聽到森田稱讚地說：「宮前同學拍的照片很漂亮。」

然後，當風開始變冷的時候。

森田將自己穿著的外套披在宮前肩膀上。

今天謝謝妳，我非常開心。我一直很都想跟宮前同學兩個人一起出來玩。

森田害羞地這麼說著。

他似乎不是個會灌宮前酒，或是強行把她帶回房間的那種人。

而是會好好關心宮前。

「我們走吧。」

我對大道寺學長和福田這麼說，便離開了現場。

為了前往車站走上渡月橋。

看著被染成紅色的群山和流動的河流。

「桐島的判斷是什麼？」

大道寺學長這麼問，我開口回答。

「已經傳給宮前了。」

走到橋正中央的時候，我停下腳步往河畔一看，只見宮前正拿著相機對著這裡。

第17話　究極京都計畫

遠野和宮前，我和福田以及大道寺學長。

在京都的五個人恢復了原狀，再加上森田這個第六人的日子或許不遠了。

宮前和森田似乎交往得很順利，打工比較晚的時候，森田好好會護送宮前回到櫻華廈。

「從一開始就不需要桐島嘛。」

宮前笑著這麼說。

我們在私人道路上再次招開了烤魚會，遠野跟宮前的感情也恢復了。起初遠野還擔心宮前是不是在逞強。

「抱歉，最近我覺得自己給人的感覺不太好。」

「沒那回事啦。」

「畢竟錯在我身上嘛。」宮前這麼對遠野道歉。

「我有一點～點愛依賴人，因為第一個跟我感情融洽的男生是桐島，所以才誤會了。」

「今後也要當好朋友喔。」宮前這麼說著和遠野和解了。

「交了男朋友之後，我真的很幸福。」

宮前開心地說著森田的事。像是一起去的地方，還有一起吃過的東西。不光是打工，由於他們讀的大學也是同一所，能一直在一起似乎讓她很高興。

我不動聲色地觀察了宮前，看起來她也沒有特別買東西送森田。

對宮前來說，森田似乎是個理想的男友。

「讓桐島來選真是太好了。」

宮前這麼說著。

「有困難的時候，全部都交給桐島吧。」

「之後妳有森田吧。」

「對喔。」

宮前跟森田一起在京都享受著大學生活。無論是沿著鴨川散步，還是祇園祭跟葵祭，在她身邊的人都是森田。

雖然有點寂寞，但這樣就行了。

這就是所謂的重修舊好。

但是，不只宮前一個人。

我所描繪的是個雖然不算美好，但大家都能走向未來的結局。

還剩下最後的收尾工作。

◇

「終於只剩下一週了呢。」

早坂同學說著。

「橘同學最後的舞台。」

這天我來到海邊的城鎮。

我一大早就搭乘電車，到達的時候已經是中午了。前往海邊之後，發現早坂同學正眺望著大海，晚秋的海岸有點冷清。

「桐島同學也要上台表演吧？好像是敲和太鼓？」

「只是餘興節目罷了。」

我就讀的大學下週要舉行校慶，屆時的舞台是橘同學大學校慶巡迴表演的最後一站。舞台的節目由橘同學負責壓軸，我表演的和太鼓排在她前面。

「據說橘同學表示要一個人上場。」

早坂同學跟橘同學持續保持著聯絡。

「她說不會再依賴你了。」

「嗯，她還叫我別去休息室。」

和太鼓是十五名志願者登台的表演，就算我一個人離開也不會有什麼問題。

但即使如此，橘同學依然表示我不用過去，也拒絕我在遠處觀望作為確保表演成功的保險。
「我也問過橘同學要不要我陪，她也說不需要。」
「要是能完成演奏就好了……」
「雖然我認為一定沒問題，不過橘同學表示就算真的彈不出來，她也會接受一切。」
「妳真的這麼想嗎？」
「嗯，畢竟橘同學是個戲劇性的女孩子嘛。」
早坂同學眺望著水平線，側臉看起來很溫柔。海風十分冰冷，她身上穿著冬天的外套。
「這裡的冬天冷嗎？」
「比去年好一點吧。雖然有時候會下雪，但因為不會有遊客，感覺會比夏天稍微安靜一點。」
「不過也有屬於冬天的樂趣喔。」早坂同學接著說。
「因為魚會變得美味，我會躲在被爐裡吃火鍋喔～」
早坂同學的房間肯定有種溫暖的氛圍吧。
隨後我們默默地看著大海，看著潮來潮往的海浪，心情變得非常平靜，最後早坂同學慢慢地開了口。
「聽說宮前同學交了男朋友。」
「嗯，他們過得很開心。」
「接著就是橘同學能獨自登台彈奏鋼琴，這就是桐島同學的打算吧。」
「嗯，我稱之為究極京都計畫。」

「…………」

「咦，妳那表情是什麼意思。」

「桐島同學就是有這種地方呢！」

早坂同學露出一副難以言喻的表情。

「不，這是為了讓大家幸福的計畫。宮前交到男友就不會被奇怪的男人纏上，也能跟遠野繼續當朋友。橘同學變得能上台彈鋼琴，活躍的地方就會變多。她們兩人一定能過上幸福的人生。」

「真的好嗎？」

「什麼意思？」

「橘同學回東京之後就不打算再來京都了喔，桐島同學覺得這樣好嗎？」

早坂同學用清澈的眼神注視著我。我先是抬頭仰望天空，接著開口。

「……沒關係，這樣就好了。」

「是嗎。」

沒必要說太多。

說到底，我是遠野的男朋友，這就是一切。

「吶，桐島同學。」

早坂同學說著。

「我們玩一下吧。」

「要玩什麼？」

「嗯～撿貝殼之類的？」

聽早坂同學這麼說，我們走到海岸邊。

「但是撿貝殼算是玩嗎？」

當我一邊這麼說，一邊蹲下去尋找貝殼的時候。

「咚～！」

早坂同學突然撞了過來，我跌坐在海灘上。

「咦，等、好冷！」

但是早坂同學毫不留情地撈起海水潑到我身上。

「桐島同學這個笨蛋！一點都不懂！」

早坂同學笑著說。

「慢著、等，咦、咦～為什麼這麼亢奮？」

結果，我被早坂同學潑成了落湯雞。

「呼。」

早坂同學露出一副搞定的表情呼了口氣，接著表情爽朗地開了口。

「大學校慶，我也會去的。但不是去看桐島同學喔？」

「我知道。」

她是為了橘同學參加的。

「就算是在觀眾席上，我也想幫橘同學加油。」

◇

一週過得很快，在上課、釣魚，跟遠野依序去美食街買東西吃，以及聽宮前曬跟她男友之間的恩愛之中，時間很快就過去了。

然後到了校慶的表演當天。

中午過後，橘同學一如既往地拖著裝有衣服的附輪子包包走出了櫻華廈。

我從窗戶目送她離開，而今天也是最後一次這麼做了。

過了一會兒，遠野來到了我房間。

「那麼我們走吧！」

「真有幹勁耶～」

「因為今天是桐島同學表現的日子嘛！」

遠野很期待我的和太鼓表演。之後還約好要一起去聽橘同學的演奏。

我們離開山女莊，騎著腳踏車前往大學。

時間是晴朗的午後，大學校慶裡到處都是人。

「我們的大學怎麼樣。」

「怎麼說呢……感覺很有特色呢……」

「是這樣嗎。」

「為什麼會有鴕鳥啊！」
講堂前不知為何出現了一隻鴕鳥，招牌上寫著握手會。
「要怎麼握手啊！」
「大概是用翅膀吧？」
從遠野的角度來看似乎有許多無法理解的東西。像是神祕的午睡空間、套圈圈比賽、不知道主題是什麼的自製電影、用科學理論分析香菇山派和竹筍村派的討論會，那場討論會最後用比腕力分出了勝負。
「大家究竟是以什麼為目標啊？」
「我也不知道，不過已經習慣了。」
開設店鋪的擁擠操場上擺設了許多攤位，遠野對此非常滿足。
「咖哩社真不錯呢！東西非常好吃！」
「如果遠野沒參加排球社的話，就會參加咖哩社吧。」
「…………」
逛完一圈之後，太陽開始下山，有些攤位已經開始撤收。
今天是大學校慶的最後一天。
之後會在操場布置的舞台上進行各式各樣的演奏，最後點燃巨大的篝火當作收尾。我的和太鼓和橘同學的鋼琴都是節目的一環。
「差不多該去準備了吧。」

「是啊。」

我前往和太鼓成員的休息室，遠野說她想跟濱波見面，所以也跟了過來。

打開教室的門之後，擔任校慶執行委員的濱波正好在分發鼓棒給每個成員。

「桐島學長，請快點換衣服。」

「咦、慢著、咦～！」

見到休息室裡的其他成員們，遠野害羞地用雙手摀住了臉。

「那個，各位，這副打扮是——」

「我說過要穿法被了吧？」

「不，可是，還有更值得關注的地方耶！」

沒錯，我們會穿著兜襠布跟法被，用傳統的方式敲打和太鼓。

「濱波學妹覺得這個企畫沒問題嗎？感覺很那個耶！」

擔任執行委員的濱波只是偏著頭「咦」了一聲。

「大學校慶不就是這樣子嗎？」

「徹底被大學的風氣給感染了……」

「算了也罷。」遠野紅著臉，別開視線這麼說著。

「我很清楚桐島同學總是練到很晚，無論你穿什麼衣服，我都會在台下幫你加油，希望一切順利！」

「謝謝妳。」

「掰掰！」

遠野說完就快步離開了現場。

「是那個吧。」

濱波看著身穿兜襠布跟法被的男人們這麼說道。

「她的意思大概是要多鍛鍊身體吧。從遠野學姊身為體育社團的角度來看，各位看起來太瘦弱，不適合穿兜襠布吧。」

「大概是這樣吧～」

我一邊開著玩笑，一邊也穿上了兜襠布跟法被。

雖然外表像是在亂來，但由於要在最後一天的舞台上敲打和太鼓，必須演奏雄壯的聲音炒熱氣氛才行。這就是我們的職責。

我握緊鼓棒，一邊回想著練習時的旋律，一邊不斷在半空中模擬敲打太鼓的動作。

在即將上台，差不多該前往舞台邊的時候，濱波對我說著。

「我見到早坂同學了。」

她似乎有去逛攤位。

「所以我聽說了橘同學的事。」

「是嗎。」

「讓她一個人真的可以嗎？雖然說這種話有點那個，但今天的舞台會有很多觀眾……」

濱波的意思是橘同學會單獨登上舞台，所以我可以去那邊幫忙也沒關係。但是——

「沒關係的，橘同學不需要我的幫助，無論是這次——」

然後——

「還是之後。」

濱波聽完表情微妙地說著：「我明白了。」

「那麼，我們上台吧。」

◇

外面天色已經暗了下來。

我們在照亮舞台的聚光燈下走向和太鼓，將握著鼓棒的右手朝夜空舉起停下動作。

濱波拿著麥克風，在舞台邊緣念著開場白。

接著朝我們一看，確認我們是否準備好了。隔了一會兒，喊出了開演的口號。

下個瞬間，我們將手上舉在半空的鼓棒揮了下去。

和太鼓的聲音響起。我敲打著太鼓，透過反作用力，感受著自己肉體的輪廓和躍動，沒有絲毫紊亂的旋律。

咚～咚咚～咚，咚～咚咚～咚。

咚～咚咚～咚，咚～咚咚～咚。

打鼓的速度愈來愈快。

聲音的浪潮話圍強力的奔流，撼動著大氣。手臂雖然很累，但身體在自己奏出的聲音帶領下不斷活動著，額頭流出了汗水。

舞台底下十分昏暗，看不見人的表情，但遠野一定在下面看著吧。

而且早坂同學、大道寺學長、福田，以及宮前和她男友都說會來看，所以一定都在台下吧。

咚～咚咚～咚，咚～咚咚～咚。

咚～咚咚～咚，咚～咚咚～咚。

重要的人們正在操場上看著這個舞台。

我希望他們能得到幸福。

因為直接表達這種心情很令人害羞，所以我都是用桐島埃里希的名義這麼做。我想今後也會繼續下去吧。

可是——

咚～咚咚～咚，咚～咚咚～咚。

咚～咚咚～咚，咚～咚咚～咚。

今晚我不是桐島埃里希，這個聲音並非是為了大家。

現在我是只為了一個人，並不是作為桐島埃里希，而是以桐島司郎的身分敲打著太鼓。

為了橘同學敲打著鼓面。

為了目前在休息室發抖，即將被不安壓垮的她敲打著。這並非是為了大家，而是僅為了一個人發出的聲音。

橘同學或許又再用手拍著膝蓋，或是正在哭也說不定。
我無法留在橘同學身邊，也不能在她身邊支持她。
所以我才會送出鼓聲。
希望橘同學能收到。
加油，加油。
這是用來鼓勵、激勵橘同學的聲音。為了讓她能鼓起勇氣獨自站上舞台的戰鬥之歌。
雖然我能做的只有這樣，但還是希望能傳達出去。
我握住鼓棒、敲打太鼓，大氣隨之震動。希望我現在的心情，能伴隨震動傳達給橘同學。
加油，別輸了。
加油，別輸了。
我扔掉鼓棒。
然後脫下法被。
我身上只剩一件兜襠布，跳到舞台的中央。那裡放著一座巨大的太鼓，我拿起放在鼓架旁的大型鼓棒。
那是比我身體還要龐大的太鼓。
我將雙手舉過頭頂，雙腳站穩，用盡全力敲打。
咚～咚咚～咚，咚～咚咚～咚。
咚～咚咚～咚，咚～咚咚～咚。

全身流出了汗水，背部和手臂逐漸變得熾熱。我毫無疑問已經筋疲力盡，但敲打出的聲音驅使著我，我變成了純粹的思念集合體。

吶，橘同學，妳聽見了嗎？

不是對其他人，而是只對橘同學一個人闡述著。

咚～咚咚～咚，咚～咚咚～咚。

咚～咚咚～咚，咚～咚咚～咚。

橘同學，雖然這是理所當然的，但我其實很想陪在妳身邊。但是時光飛逝，已經無法回到那時候了。所以妳必須獨自站上舞台才行。

而且，橘同學一定沒問題的。

我很清楚。

妳是個特別的女孩，不需要一直躲在靜止的時間裡，在那棟舊校舍的音樂教室裡，妳讓我聽到了許多樂曲。

不需要停止那些聲音，它們至今也存在於妳心裡。

只要妳邁開步伐，它們馬上就會回來，一切都會恢復原狀。

從那個時候來看，的確發生了很多事。妳失去了聲音，但還是努力考上大學，讓拍攝影片的活動得到了成功。

穿過隧道之後等著我的是光明的未來，當妳這麼想的時候，卻變得無法站上舞台。

當妳覺得已經走了過去，卻發生了其他問題，妳想必很痛苦吧。

但我很清楚，妳也能夠克服這一切，走向未來。

能夠站在舞台上的妳是自由的，能憑藉感性和鋼琴技巧飛向任何地方。等待妳的是無限寬廣的未來。

或許現在的妳還不知道。

但一定做得到。

因為我很清楚的知道。

只要橘同學願意——妳什麼都做得到。

這是祈禱。

我已經成年了，因此並不認為光靠思念或祈禱就能改變什麼。也許我演奏的太鼓也只是毫無意義的聲音串聯在一起罷了。但是，即使如此，只要能夠推某人一把就夠了，也希望能這麼做。

並不是推動世界之類的意思，而是希望能給那一個，僅此唯一的女孩子帶來勇氣。

我這麼祈禱，不斷地祈禱著。

◇

回過神來，我們的演奏已經結束。

掌聲宛如漣漪般擴散開來。

我從濱波手中接過毛巾擦拭汗水，接著連忙回到休息室，換好簡便和服跟羽織。回到操場時，正好是和太鼓被撤出，三角鋼琴被搬上台的時候。

我跟遠野站在一起，等著橘同學上台。

即使超過預定時間十五分鐘，橘同學還是沒有出現。正當觀眾們因為過長的等待時間開始起騷動的時候。

橘同學穿著一襲優雅的連身裙，腳步緩慢地登上了舞台。她的表情十分冷漠，讓人看不出她的想法。

橘同學靜靜地在椅子就坐，用食指觸碰鍵盤按了一個音。

接著她一言不發地停了下來。

會場瀰漫著不解的氣氛。

但是在那之後，橘同學又按了一下鍵盤，並再次停下動作。就這麼重複了好幾次。

或許從大家看來，她是在確認鋼琴的觸感和調音的狀況。

但是我很清楚。

橘同學是在尋找，也可以說是收集自己的聲音。

她獨自面對著。

過了一會兒之後，每個音之間的間隔變得愈來愈短，最後開始連成一線，形成了旋律。

橘同學纖細的身體彷彿被點燃了。舞台離我有點距離，不過，我能夠清晰地想像出橘同學白皙的手流暢舞動的模樣。

音樂緩緩響起。

就像是燎原之火擴大一樣，聲音逐漸加速，變成了曲子。

早坂同學說的沒錯。

橘同學是個不會錯過高潮的女孩子，沒有任何問題。她從緩慢的前奏開始，完美地將流行曲改編的曲子彈到了最後。

彈完一首曲子之後，她休息似的看向觀眾席。

從舞台上來看，觀眾席非常昏暗，不可能看見觀眾的臉。不過，感覺她正在看著我。

之後橘同學又彈了幾首影片上受歡迎的曲子。

我明白橘同學已經開始奔跑，她已經自由了。

後來她也彈了一些影片上沒有的曲子。那並不是流行樂，而是喬治．蓋希文，以及安德魯．洛伊．韋伯的鋼琴曲。

這就是從影片拍攝者轉變成橘光里的變化。

從流行樂變成鋼琴曲，然後——

最後是古典鋼琴。

這首曲子我很熟悉。

是李斯特的《嘆息》。

是高中時的我很喜歡，橘同學一直為我彈奏的曲子。

我靜靜地聆聽著橘同學的演奏，就像那個時候一樣。
這或許是她給我的餞別也說不定。
演奏結束後，橘同學不疾不徐地拿起麥克風，用沙啞的聲音開口。
這是時隔三年的，橘同學的聲音。

「謝謝。」

◇

在大學校慶的收尾——操場上的篝火結束後，我獨自走在夜晚的鴨川河畔。
橘同學的演奏結束後，我看見早坂同學跑向走下舞台的她身邊。我雖然也想那麼做，但不可以。橘同學的時間已經開始轉動，我不該繼續待在她的身邊。
在鴨川沿岸讓祭典的熱情冷靜下來後，我去參加了和太鼓成員的慶功宴。
明天遠野會替我舉辦慰勞會。
我的歸宿是那裡。
究極京都計畫進行得很順利。
我沉浸在感慨中走著。

身邊是水流和木屐的聲音。

我不知道大家是否能得到幸福。

但是，我應該有幫助大家走向未來。

此時那種類似成就感的充實感覺頓時煙消雲散。

鴨川河畔有許多情侶，因為這裡是個適合在市內玩完之後，稍微靜下心來聊天的地方。

現在也有很多人坐在河邊，或是一起散步。其中有一對男女停下了腳步正在爭吵。

正確來說，那不是在爭吵，而是男人單方面責罵著女方。

男人在怒罵之中變得愈來愈激動，最後毆打了女方。看起來非常用力。

打人的男人是森田，而被打的女生則是宮前。

一開始，我無法理解眼前發生的事。宮前被打的事情不會發生，也不應該發生。

但是，在呆站在原地的我眼前，森田再次毆打了宮前的臉。

宮前像個孩子一樣哭了起來。

接下來的幾分鐘，我沒有任何記憶。

當回過神來，我手上拿著壞掉的胡弓，用木屐踩著森田。

「夠了！可以了！」

宮前從身後抱住我試圖阻止。

看來我好像用胡弓揍了森田，還用木屐踹了他。當恢復神智之後，因為不知道該如何收場，總之我朝森田走了過去。

「不准再接近宮前。」

我不知道自己有沒有權力說這種話。但是，對宮前動手的人，無論是誰都不可原諒。

森田聞言站起身來，搖搖晃晃地離開了。

「對不起。」

我再次轉身看著宮前。

「實在很抱歉，挑了個這麼差勁的男人。」

挨打的宮前右臉紅通通的。

「難不成妳一直都受到這種對待嗎？」

「被打臉還是第一次……不過……」

好像從剛開始交往後不久，森田就開始動手了。

當兩人意見相同的時候還無所謂，可是森田是個當宮前不聽自己的話時，就會動用武力的那種人。

「第一次被打，是他要我把男人的聯絡方式全部刪掉的時候。」

當時宮前還覺得森田是個溫柔的男人，因此笑著用「才不要呢～」當作回答。但在下個瞬間，肚子就挨了一拳。

「當我連忙刪掉之後，他的表情就變溫柔了。」

「居然發生過這種事……」

宮前好像覺得這種事只會有一次。況且就算沒有聯絡方式，只要去山女莊就能見面，而且透過遠野總有辦法連絡上。

關於森田，她也試圖用——對方的愛情太過強烈，所以見到自己跟其他男人見面覺得很討厭，才會要求刪掉聯絡方式，並忍不住動了手——這種正面的方式來看待。

但是，事實並非如此。

下次挨打是在約會的時候。森田想去打保齡球，而宮前說想要看電影。兩人的意見出現了分歧，但當時宮前用面對我時相同的情緒，央求著要去看電影。據說那時候森田的表情變得很冷淡，還拉住了她的頭髮。

森田的價值觀是既然是女朋友，那麼就該聽自己的話。

宮前因為害怕變得逐漸無法反抗。不過即使如此，還是會有些事情不願意，但每當她戰戰兢兢地開口拒絕，就會挨揍。

「今天為什麼挨打？」

「因為他說要去旅館……我拒絕了……」

依照宮前的說法，她一直在承受暴力。

在我一臉悠閒地想著「宮前能得到幸福真是太好了」的時候，一直都是這樣。

「為什麼？為什麼不告訴我？」

「因為、因為啊……」

此時宮前嚎啕大哭地開了口。

「要是我有了男友卻不幸福的話，桐島會很困擾吧？桐島不希望我跟遠野關係變差吧？所以、所以啊——」

我真是個大笨蛋。

說什麼究極京都計畫。

什麼桐島埃里希啊。

到頭來，只是我想要一個對自己來說安全的狀況而已。

只是既然跟遠野交往，就不能傷害對方。並以此為前提，希望「身邊的人如果能變成這樣就好了」而已。將類似「這樣應該很幸福吧？」的想法強加在身邊的人身上罷了。

明明把一個差勁的男朋友塞給了宮前，她卻因為考慮到我跟遠野的關係，表面上一直裝作很幸福的樣子。

我只是在逃避而已。

從未理會過宮前哭著抱著垃圾袋走進櫻華夏時的心情，只是一味地把「因為自己有遠野這個女朋友，要是宮前也交到男友，大家能融洽相處就好了」這種想法強加在她身上。

明明宮前是認真的。

結果就是這樣。

「抱歉，對不起。」

我替哭泣的宮前拭去眼淚，緊緊抱住她。

直到她停止哭泣為止。

「現在還有什麼我能做的事情嗎？為了宮前，我什麼都願意做。」

「你什麼都願意替我做嗎？」

「嗯。」

我一邊這麼說，一邊因為有種不祥的預感開口制止。

「不，等一下。」

但是宮前已經徹底停下哭泣，眼神充滿期待地看著我。孩子的情緒很善變，指的就是這麼回事。

「那我想做。」

宮前徹底打起精神對我說著。

「我想跟桐島做那種事！」

◇

我跟宮前兩人坐在愛情賓館的床上。我們兩人都洗好澡，身上只穿著內衣褲。感覺就像是做好了要做那檔事的準備。

宮前害羞地裹著被單躺在床上。

但是——

「該怎麼說呢，感覺做其他的事情比較好吧。」

「我被森田打了！我被打了！」

「妳這樣講我也無話可說……」

選擇森田的我的確有責任。

都是因為我把有了男友很幸福的印象強加在宮前的身上，才讓宮前遭受了暴力。所以我想替她做任何事──

「那麼這樣如何？」

我試著轉移話題。

但是，見到宮前從被單露出的肩膀之後，我有種還是應該照宮前所說的話去做的感覺。她那白皙美麗的肌膚上，現在布滿了瘀青。

她在我面前總是裝出一副幸福的模樣，背地裡卻遭受了森田的虐待。

宮前用很狡猾的感覺，假裝自己很開心。就像是利用了我說什麼都願意做的機會的壞心眼小孩，趁機來到了這裡。但那很明顯是為了讓我別太擔心而裝出的演技。

而且，宮前會想這麼做是有正經理由的。

在鴨川的河畔，她說出了那個理由。

『……希望能被你覆蓋掉。』

宮前好像曾被森田粗魯地侵犯過。

『畢竟他姑且是我的男朋友……是我自己笨……可是……』

她拘謹地拉著我的袖子，說為了消除那些討厭的回憶，希望能跟我做。

無論是讓森田當男友，還是有了討厭的回憶，原因毫無疑問都在我身上。

所以，我才跟她來到了愛情賓館。

「吶，桐島不想跟我做嗎？」

宮前裹著被單這麼說著，她的眼神正不安地飄移著。

「沒那回事……」

「跟森田做過的我……很骯髒嗎？」

宮前縮起身子說。

「沒那回事，不是那樣的。」

宮前一直都是個很棒的女孩子。

「吶，桐島，你能跟我接吻嗎？」

「嗯，畢竟宮前是個美女，我會想試試看，任誰都會這麼想吧。」

宮前害羞地低下了頭。

「那麼……」

宮前掀開了裹在身上的被單。

然後有點害羞地扭動身體說著。

「……我的身體呢？」

「很有魅力——」

因為想鼓勵宮前，我這麼說著。

「非常漂亮……內衣也很可愛。」

「這是想著桐島才買的，很蠢吧……你又不是我男朋友。」

宮前微微地低著頭。

更讓我心痛的是宮前掀開被單後，身上各個部位出現的瘀青。此時她注意到了我的視線，開口說著。

「桐島，別露出那種表情。」

「對不起，宮前。」

「不，不是桐島的錯，是我太笨了。」

我們沉默了一會兒，最後宮前把身體倚靠在我身上。

「如果桐島願意跟我做……那些討厭的事，我就能全部忘記了……」

宮前這麼說著。

「所以啊，只要一次就好……希望你能跟我做……」

我撫摸著宮前身上的瘀青。她在我不知道的時候遭受了暴力。即使如此，她仍然為了我裝出幸福的樣子。

雖然不知道這樣算不算贖罪，但是，如果宮前希望的話——

我這麼想著，下定決心開了口。

「……我明白了。」

「謝謝你，桐島。」

我緊抱住宮前。但是腦中無論如何都會思索這種方式是否正確。而宮前似乎也有所顧慮，抱住我的方式有些不自然。

然後她開了口。

「吶，桐島。」

「怎麼了？」

「要不要當一對僅限現在的情侶？」

「畢竟只有一次嘛。」宮前這麼說著。

「把其他事情全部拋到腦後，我因為是桐島的女朋友才會做，桐島也因為是我的男朋友才想做，這樣就沒有任何問題了吧？」

「的確。」

從暫時專注在眼前事情的意義上來看，像這樣轉換想法或許比較好也說不定。

「桐島你啊，不需要覺得對不起我。現在我們只是一對想要做那種事的情侶而已。所以不需要猶豫，那個……也可以好好享受我的身體……」

宮前別開視線這麼說著。

「桐島只考慮自己來做才比較不會有所顧慮……那樣我也會比較高興……」

「……知道了。」

僅限一次，只有這個瞬間成為宮前的男友。

這麼想我也比較能夠做出切割，認真對待也比較不會留下後患。抱著這種想法，我開口說道。

「接下來我會把宮前當成女朋友。」

「……嗯。」

「好好享受宮前的身體。」

「…………嗯。」

仔細想想，在我懷裡的是一個非常漂亮，身材迷人，只穿著內衣褲的女孩子。

我抱著宮前，跟她接吻。由於我們只穿著內衣褲，全身都能感受到宮前柔嫩的肌膚。當嘴唇分開後，宮前一臉泫然欲泣的表情發出了嗚咽。

「怎麼了？」

「因為，人家跟桐島接吻了嘛……」

她這麼說著緊緊抱著我。嘴唇再次貼了上來。宮前沒有經驗，因此沒有採取更進一步的動作。

於是我將舌頭伸進了宮前的嘴裡。

光是這麼做，宮前全身就變得鬆軟。

「桐島……桐島……」

她笨拙地動著舌頭伸進了我的嘴巴裡，接著拚命地吸著我的舌頭。每次嘴唇分開，唾液就會在我們之間拉出一條絲線。

宮前滿臉通紅地夾緊了雙腿。

我沿著她那擁有曲線美的白皙身體摸了起來。

鎖骨、肩膀、大腿，以及觸感良好的絲質內褲。

我觸碰著她柔軟的大腿，並打算進一步觸摸那個地方。但是，在我即將碰到內褲的瞬間，宮前併起了腿。

「好、好害羞……」

她這麼說著，身體變得僵硬。不過等了一會兒之後，宮前緊緊地抱住我，不讓我看見她的表情，接著慢慢張開雙腿。

我沿著內褲滑動手指，帶著濕氣的那裡變得更濕，顏色逐漸變深。

「這是因為我喜歡桐島喔。」

「嗯，謝謝妳。」

宮前的愛意沒有止境。當我的手指伸進內褲時，她的那裡變得更加熾熱，每次觸摸都會發出水聲，沾濕大腿滴到床單上。源源不斷的流出，完全停不下來。

「嗚……嗚……」

宮前渾身顫抖著，央求似地看著我。於是我吻住了宮前，一邊用舌頭在她嘴裡探索，一邊動著手指，下個瞬間——

「啊……不行……桐島……去……了！」

宮前弓起腰桿，挺起白皙的腹部抵達了高潮。

她全身無力，表情非常恍惚。

「桐島，我喜歡……喜歡你……」

宮前喃喃自語地說著。

她全身發熱變得柔軟，完全做好了準備。

「繼續……桐島，還要……」

聽宮前那麼說，我脫掉了她上半身的內衣，豐滿的胸部露了出來。這次我摸著她的酥胸跟她接吻，同時再次把手指伸進內褲觸碰那濕潤的部位。

將身心全盤託付給我的宮前開始扭動身體。

她抓著床單挺起腰部，伸長雙腳反覆不停地達到高潮，用枕頭摀住臉壓抑呻吟聲。

宮前氣喘吁吁，渾身無力地躺在床上。

差不多了吧，我如此心想。

但宮前要求我躺在床上。

「我也想要……讓桐島變得舒服……」

當我躺上床之後，宮前坐在我身上，肌膚十分熾熱。她一邊將下腹部抵在我身上，一邊用舌頭在我嘴裡摸索著。我們交換唾液，我主動地觸摸宮前的胸部、背部、腰部等各個身體部位。

之後宮前開始親吻我身體的各個部位，用舌頭滑動、舔拭著我的頸部、胸部跟腹部。她的吻充滿了愛意，非常煽情。每當她在我身上移動，豐滿的胸部都會碰到我的身體。

吻遍我的身體之後，宮前滿臉通紅地把手伸向我的內褲。拉開內褲讓那個露了出來，嘴巴逐漸靠近。

「不用做到那種程度吧……」

「不，我要做。畢竟我只有這次機會嘛。所以要做所有能讓桐島覺得舒服的事。」

她這麼說著，伸手溫柔地握住了我的那個。能感受到手指纖細的觸感。接著宮前開始慢慢地用舌頭尖端舔了起來，像是對待非常重要的東西一樣。
讓長相標緻的宮前做這種事，使我湧起了強烈的悖德感。
她以舌頭舔、用手指觸碰刺激著我那裡。在這個過程中，我理所當然地渴望更進一步，忍不住挺起了腰。
「宮前……」
聽我這麼說，宮前露出了開心的表情。但是她並沒有進一步的動作，而是用舌尖斷斷續續地舔著，挑逗著我。
在發現我即將挺腰的時候，宮前移開嘴巴，然後用豐滿的胸部貼了上來。一邊做出挑逗般的舉動，一邊露出惡作劇的笑容。
「桐島不可以動喔。」
宮前說著吻遍了我的全身，然後再次回到那裡，用舌頭跟手指刺激著我。
我一邊感受著快感，一邊忍耐著，腦袋變得一片空白。好想更進一步，想進入更深的地方，不要再吊我胃口了。
雖然這麼想，但每當我露出那種表情，宮前就會很開心似的抱住我，然後輕微給予刺激來吊我胃口。
就在這種事情反覆發生，我快要失去理智的時候。
「那麼……差不多該做了呢……」
宮前的臉頰湊近，能感受到她濕潤的氣息。

然後，當宮前用嘴巴含住我那個的瞬間，我因為太過舒服，忍不住挺起了腰。

「嗯、嗯姆～～！」

宮前的表情很難受，但看起來又有些高興。

「桐島，舒服嗎？」

「嗯、嗯……」

「那麼，我會多做一點的。」

宮前的嘴裡溫熱又黏稠。由於實在太舒服，我一次又一次地挺起了腰。期間宮前很開心地接受了我。

她配合著我的動作動著舌頭，快感非常強烈。我的下腹部被宮前嘴裡流出的唾液逐漸沾濕。

我正侵犯著宮前嬌小的嘴巴。每當我挺起腰，宮前的臉龐也會跟著上下移動。

過沒多久，強烈的快感襲來。宮前發出水聲用力吸吮著我。不過就在這個時候。

「還不行。」

宮前移開了嘴巴。

「因為我希望桐島能更舒服。」

接著又開始親吻、觸碰著我的身體，些微地刺激著我。而當我平靜下來之後，她又十分憐愛地含住了我的那個。

或許宮前對這方面很有天分吧。每當我快要忍到極限時她就會移開嘴巴，然後反覆著先前的行為。

快感跟壓抑使我的腦細胞快要融化了。

我產生了想要主動跟宮前做那種事的衝動。湧起一股想要推倒她美麗的身體，深入她身體的強烈慾望。當我快要控制不住的時候，宮前開口說著。

「……來做吧。」

她這麼說著跨坐到我身上，用手指挪開自己下半身的內褲。

宮前的那裡非常濕潤，液體不斷流出，帶著絲線沾濕了我的那個地方。

「宮前……」

「沒關係的。」宮前這麼說著。

「我為了調理身體一直在吃那方面的藥……所以不用戴……也沒關係。」

宮前緩緩坐了下來。在她白皙纖細的手指引導下，我的那個慢慢進入了她的裡面。

她的那裡熾熱、非常狹窄且潮濕，有種讓人虛脫的強烈快感。

「桐島的……全部進來了……我被……桐島填滿了……」

宮前感動不已地說著。

「桐島可以隨便做喔。你已經忍很久了吧？桐島可以做自己舒服的事，想怎麼對待我的身體都可以喔。」

在被宮前吊胃口的影響下，我已經無法忍耐了。我雙手抓住宮前柔軟的腰部，從下面用力地抽動了起來。

「嗚啊……好激烈……啊……」

宮前的那裡既溫暖又潮濕，緊緊地纏住了我，激烈的水聲充滿了整個房間。

「討厭，好害羞……」

但我依然順著慾望不停動作，享受著宮前的身體。

在我身上扭動的宮前非常煽情。她的肌膚微微泛紅，豐滿的胸部搖動著，我伸手抓住了她的蜜桃。

「啊……不要……！」

我觸摸宮前胸部前端變得堅硬的地方。她隨即發出嬌膩的聲音挺起腰部，更進一步纏住了我的那裡。

心中產生想更加跟宮前連繫在一起的想法，但由於忍了太久，快感沒多久就湧了上來。

宮前似乎立刻察覺到了這一點。

「可以喔，就這麼做下去也沒關係。」

她這麼說著，但是——

但是在那之前，我因為某個發現停下了動作。

「這是……」

我的那個被宮前的唾液和那種液體沾濕，而且上面——

還參雜了血。

「嘻嘻。」

宮前露出如同孩子被發現惡作劇的表情。

「抱歉，我對桐島撒了個謊。」

這不是覆蓋。

而是宮前的第一次。

「無論是接吻還是這個，我都沒讓森田得逞過。雖然因此被揍了很多次。」

「宮前……」

但我卻順著慾望採取了行動。

「……很痛吧。」

「不會，因為桐島很溫柔嘛，即使會痛也很開心。」

她這麼說著，開始在我身上動起了腰。大概果然很痛吧，動作有點卡卡的。

「就說不要勉強了。」

「不要，我要跟桐島做到最後……」

宮前惹人憐愛的前後動了起來。

我撐起身體抱住宮前，然後讓她躺著，自己壓在上面。

「我會慢慢來的。」

「……嗯。」

宮前臉頰泛紅地點點頭。

為了減輕宮前的疼痛感，我非常緩慢地動著。

但是，宮前的眼角仍然浮現了淚光。

「抱歉，果然……」

「不是的，我很高興。畢竟第一次能跟喜歡的人做嘛。」

宮前擦掉眼淚，用力地抱住我。

「桐島……我喜歡……我喜歡你……」

她這麼說著，從下面開始動起了腰。隨著不斷說著情話，宮前的情緒也逐漸升溫。

「吶，桐島也說喜歡我吧，你是我男朋友吧。」

「宮前，我喜歡妳。」

「哇啊……桐島……我喜歡你……好喜歡你……」

宮前更激烈地在下面動著腰，緊緊纏住了我。見她這麼做，我也忍不住動了起來。看來喜悅完全蓋過了初體驗的疼痛。

我們的動作交融在一起，難以言喻的快感竄上心頭。

「桐島，好厲害喔……我變成屬於桐島的女孩子了……畢竟都連結得這麼深了嘛……」

宮前的那裡抽動著纏了上來，響起了激烈的水聲。

到了最後，一股難以忍受的強烈快感席捲而來。

「可以喔，來吧，全部進來吧。把桐島的一切都放進來吧。」

宮前緊緊地抱住我。

下個瞬間，我進入了宮前的深處。

那是一股足以讓人虛脫的快感。為了控制自己，我也用力抱住宮前，感受著她顫抖的身體。

接著我們抱著彼此在床上休息了一會兒。

宮前不再看著我的臉，但整個人一直黏著我。當我打算去沖澡時，她一言不發地從後方抱著我，於是我們一起洗了澡。而無論是我打算穿上衣服，還是準備離開時，她總是會從各個角度貼在我身上。看來雖然沒說話，但她似乎是打算跟我保持接觸。

這樣沒問題嗎？我這麼想著。

該說果然還是不出所料嗎？離開愛情賓館的時候，宮前開始跟我撒嬌。

當我們走出賓館，朝著夜晚的街道邁出步伐時，宮前挽住我的手開了口。

「我果然還是想當桐島的女朋友。」

「喂～」

「我不會給你添麻煩，不會有麻煩的～！」

「問題不在這裡啦！」

「我有個好主意。」

宮前用腦袋不停地撞著我。

「好主意？」

「嗯。」

宮前露出燦爛的笑容，我有種不好的預感。但既然事已至此，就只能姑且聽下去了。於是我開了口。

「是怎樣的好主意？」

宮前表情有些害羞地依偎在我身上開口。

既不會給我添麻煩，也能讓宮前當女友的方法就是——

「咱當備胎女友就好了咩。」

◇

男女在愛情賓館前面發生激烈修羅場似乎不常見，到頭來我因為沒做過這種事所以不清楚實際情況，不過它確實發生了。

對象是我跟宮前。

「就說備胎不行了！不要賤賣自己啦！」

「即使如此我還是想當桐島的女朋友嘛！」

我們爭執不休。

「都約好只做一次了不是嗎～」

「這是我的第一次嘛！既然第一次獻給了你，就忍不住了嘛！變得只能接受桐島了嘛！」

我試圖把宮前拉開，但她就是不肯放手。

「不是桐島的話我不要！不要嘛～！要是不肯讓我當女友的話我會死掉，一定會死掉的！」

「喂～！妳的舉止完全變成那種女人了耶！笨女人！笨女人！」

宮前進一步緊抓住我的腳縮成一團。

「在你讓我當女朋友之前，我不會走的！」

「咦～」

「我已經是屬於桐島的女孩子了！」

在愛情賓館前被女孩子緊抓住腳站著不動。

這畫面肯定很難堪。

「宮前，總之先回去吧。」

我雖然想挪動腿，但宮前似乎是認真的，緊緊抱著我的腳不肯放開。

「這到底該怎麼辦啊～」

正當我不知所措的時候。

有兩個女孩正從電線杆的陰影處觀察著我們的情況。

「咦？妳們怎麼在這裡？」

在那裡的兩人正是——

早坂同學跟橘同學，從她們眼神渙散的情況來看——

「妳們難不成喝了酒？是為了替橘同學的校慶巡迴辦慶功宴嗎？」

聽我這麼說，兩人點了點頭。

「因為喝了酒之後覺得很愉快，橘同學也準備要搬離公寓了，所以決定最後在逛一逛晚上的京都的感覺吧？」

兩人再次不斷點著頭。

「然後發現了一條有愛情賓館的道路，就興奮地來湊熱鬧了。」

原本臉就很紅的兩人說完臉變得更紅，一臉害羞地低下了頭。

「還是老樣子喝了酒就會亂來呢～」

「亂、亂來的人是桐島同學吧！」

早坂同學氣勢洶洶地從電線杆的後面走了過來，橘同學也跟在後面不斷點頭。

「還跟宮前同學變成了這樣！」

「不，關於這點我無話可說……」

「你們是從賓館裡出來的對吧。」

「嗯……」

「也就是說……做了吧？」

早坂同學說完露出了笑容。

「桐島同學，你這麼輕易就跟我以外的女孩子做了呢。」

「這是……那個……」

「算了也罷。」

「現在我想說的不是這個。」早坂同學這麼說著。

宮前依舊縮在我腳邊沉默不語。

「感覺一直有所顧慮的我們跟傻瓜一樣。」

早坂同學跟橘同學互看了一眼。

「連跟宮前同學都做了這種事。」

橘同學也舉起白板。

『做了那種事！』

「不，橘同學妳已經能說話了吧。」

「……還是有點困難。」

她的聲音確實有些沙啞。

不過我也是個大學生，因此很清楚她會聲音沙啞的理由。

「這是酒精的緣故，妳喝了不少酒吧？」

「……只喝了一點點。」

這麼說著的她眼神有些渙散。

「妳喝醉了呢～」

「別說這個了。」

同樣眼神渙散的早坂同學開了口。

「我一直以為桐島同學想在京都開啟新的生活，跨越過去活在當下，讓故事有個美好的結果。打算就這麼活下去。」

橘同學「嗯、嗯。」地點著頭。

「我也是這麼想的，司郎。你刻意忽略了自己的心情。但這種迎合身邊人的態度或許就是長大的一環，所以我也覺得自己應該要那麼做。」

「咦？等，這個氣氛——總覺得妳們似乎對我打算做的事情不太滿意耶？」

「桐島同學，你為了把我們當成美好的回憶，做了很多事對吧？」

「做了。」

橘同學說著。

「還打算用敲打太鼓的方式來鼓勵我。」

「橘同學覺得那個怎麼樣？」

「要被身穿兜襠布的人感動是不可能的，說到底，我根本不需要和太鼓。」

「就是說啊。」

兩個女孩說出了辛辣的發言。

我腦中充滿了「咦、等、咦咦～？」的念頭。雖然我的思念跟祈禱能得到回應，但它們根本就沒有傳達到，從一開始就不知道上哪去了。

「我真正希望司郎做的事，不是敲什麼和太鼓。」

橘同學說出了非常有道理的話。

「桐島同學就是有這一面呢～」

早坂同學說道。

「老是說什麼『這是為了大家～』之類的話，明明我們想要的就不是那個。」

「關於這一點——」

我無話可說。

「不過呢，畢竟桐島同學也很拚命，而且還有遠野同學在，所以我們一直有所顧慮，但既然都看到了那種光景，對吧？」

早坂同學來回看著愛情賓館跟宮前，露出了充滿魄力的笑容。

「對桐島同學來說，我是什麼？」

「不，那個，這是……」

「我已經不需要忍耐了對吧？」

「慢著，等一——」

此時橘同學也點了點頭。

「我一直以為司郎是想過美好的京都生活，所以才把我們當成回憶。但司郎卻在京都跟女友以外的很多女孩子做了那種事。」

「能開口之後講話就很刻薄耶～另外，我才沒有跟很多女孩子做啦！」

「我也不必顧慮什麼了。」

「不用忍耐跟有所顧慮了。」早坂同學跟橘同學激動地這麼說著。

「慢著，妳們兩個，冷靜點——」

「沒有說服力喔。」

早坂同學這麼說著靠了過來，刻意把自己豐滿的胸部貼在我身上。

「看吧，臉紅了。」

「不，這是——」

「桐島同學，你還是喜歡我對吧？」

變得成熟的她很清楚這一點。

「你希望我繼續喜歡你，有些想跟我做的事對吧？被我喜歡會覺得很開心對吧？」

早坂同學嬌小柔軟的身體貼了上來，她身上有著溫柔的氛圍，以及成為大學生之後的性感氣息。雖然身穿寬鬆的針織毛衣，但還是能從短褲跟過膝襪之間窺見白皙的大腿。這種反差十分巨大，一旦親密接觸，確實會讓人產生想要抱緊接吻的強烈快感。

但是在這個時候，橘同學也湊到了我身邊。

「司郎也還是喜歡我對吧。」

她這麼說著，把頭枕在我胸前。

「我很清楚司郎的想法。即使我離開了司郎，或是司郎交了其他女朋友，你也還是希望我能一直喜歡司郎對吧？如果對象是司郎，我無論被怎麼對待也還是很開心喔？」

橘同學倚靠著我，我能清楚感受到她身體的觸感。

腦中閃過橘同學身穿睡衣，虛弱地躺在床上抱著我的感覺。

坦白說，當時我的確想要做擁抱之外的事，想要進一步沉浸在墮落的快感中。

但是——

「慢著，妳們兩個等一下。」

這個狀況非常糟糕。

在愛情賓館前被橘同學跟早坂同學左擁右抱，雙腳被宮前緊緊摟著。
不，我確實對她們兩個有許多無法說出來的感情。
試圖忽視存在於自己心中的想法，把它們當成令人感動的回憶。
但是，我又能怎麼做呢？
然後，現在我該做什麼才好？
雖然我想好好思考——
「已經不用等了吧？」
「嗯，也不再忍耐。」
早坂同學跟橘同學同時把臉湊了過來。
「喂，等等——」
「桐島同學不必著急吧。」
「因為這就是司郎打從心底的願望不是嗎？」
能一邊維持京都的人際關係，一邊讓我面對刻意無視的感情的唯一方法。
早坂同學和橘同學異口同聲地說了出來。
「我們兩個，當備胎女友就好了。」

待續

後記

各位讀者大家好，我是作者西条陽。

衷心感謝各位看完本書。

第六集也發售了附掛軸的限定版。

最近還出了許多周邊商品。

像是壓克力立牌、抱枕套跟滑鼠墊。

有些東西仍在製作中，不清楚在第六集發售時是否已經公布，因此這是以原作者作夢夢到為前提，其中好像還包含了徽章之類的東西。

說起徽章有什麼厲害之處，就是能製作御宅族的包包。

換句話說，就是作者我能製作別上大量早坂徽章的御宅族包包，假裝成熱情早坂派的成員在電擊文庫的活動會場閒晃。當然這只是舉例，也有可能擺出一副橘激烈派的態度。

至於為什麼不提遠野跟宮前的徽章，是因為根據作者作的夢來看，徽章首先會從早坂跟橘開始製作，大概是商品化的只有高中篇的角色吧。

咦？你說我在用周邊的話題來混字數？

那麼國外版的事呢？

因為類似所以不行？

本來還想用泰語版附贈的超大掛軸寫個十行左右的說……

是呢，就來聊聊漫畫化的事情吧。

雖然我有身為原作者的立場，但也跟普通讀者一樣很享受漫畫化。にの子老師畫的早坂跟橘非常可愛，漫畫能夠看到各式各樣的表情跟舉止，這是原作光靠文字無法表現的部分。

能看到配角們的長相也很令人開心。

雖然我已經提前看到了一些內容，酒井實在超可愛的，放下瀏海化身樸素版本的樣子也一應俱全，還原度非常驚人。如果感興趣的話，請大家也去確認看看。

漫畫第一集很快就要發售了（預計於二〇二三年七月二十七日發售）。

如果想看酒井的長相，大概得等到第二集，不過ComicWalker之類的網站應該可以提前觀看。

由於內容會讓人產生「原作的場景畫面化之後原來是這樣啊」，實在非常推薦。

還有，早坂真的很情色。

那麼，後記也寫得很順利，就來聊聊本篇吧。

桐島基於埃里希的思想做了許多事情呢。

他的想法是愛是透過努力達成的事物，因此每個人面對他人都能得到特別的愛情。

所以他才對「跟新對象展開新戀情」抱持著肯定。這是只要努力去愛，每段戀情都可以變得特別的理論。

早坂在很早的時候就反駁了這一點。

我們的戀情一點都不特別嗎？只是眾多戀愛的其中之一嗎？

她在山女莊的房間說了這種話，不過要是了解高中篇故事的讀者，應該會覺得早坂的話很有說服力吧。是啊，覺得那段戀情不特別，只是眾多戀愛的其中之一，總覺得哪裡不太對。

橘則是更直接地反駁了桐島。

我不是希望你打太鼓，要我那樣被感動是不可能的。

說出了類似這樣的話。

這是毫不留情的評論。雖然在說這句話之前她在很多方面都一直壓抑著。不過嘛，都是跟遠野以外的女孩子從愛情賓館走出來的桐島不好。

於是就這麼演變成了修羅場——

接下來究竟會怎麼樣呢？

會展開四個女主角之間的大混戰嗎？

身為笨女人的宮前會有幸福的未來嗎？

我完全不知道。

我想一如既往地一邊詢問桐島他們，一邊繼續撰寫故事。

那麼接下來是謝詞！

我要向責任編輯、電擊文庫的各位、校對、美編以及與本書相關的所有人致上感謝。

Re岳老師，第六集也非常感謝您。不光是漂亮的插畫，還事先畫好身穿秋季服裝的女主角們，讓我在寫作時得以參考。Ｒｅ岳老師畫出的圖總能讓我從中找到靈感。

最後，我要向各位讀者致上深深的感謝！

無論是製作周邊、推廣國外還是漫畫化，都是多虧有各位的支持。

接下來我也會為了能讓各位讀者好好享受，更加努力寫作。

那麼第七集再見吧！

（註：以上為日本方面的情況。）

為何我總是成為S級美女們的話題
1
脇岡こなつ
插畫 magako
Kadokawa Fantastic Novels

美里活在貓的眼眸裡

Kadokawa Fantastic Novels

作者：四季大雅　插畫：一色

第29屆電擊小說大賞金賞作品
我與妳透過貓的眼睛相遇——

大學生紙透窈一擁有窺視眼睛就能讀取過去的能力。在無聊的大學生活中，他透過一隻野貓的眼睛，邂逅了能夠看見未來的少女——柚葉美里。透過貓的眼睛就能與過去的世界對話，令窈一感到驚訝不已，他卻隨即從美里口中得知驚人的「未來」……

NT$270/HK$90

國家圖書館出版品預行編目資料

我當備胎女友也沒關係。/ 西条陽作 ; 九十九夜譯
. -- 初版. -- 臺北市 : 臺灣角川股份有限公司,
2024.07-
冊 ; 公分. -- (Kadokawa fantastic novels)
譯自 : わたし、二番目の彼女でいいから。
ISBN 978-626-400-219-6(第6冊 : 平裝)

861.57 113006546

Kadokawa
Fantastic
Novels

我當備胎女友也沒關係。 6

（原著名：わたし、二番目の彼女でいいから。6）

2024年7月10日　初版第1刷發行

作者：西条陽
插畫：Re岳
譯者：九十九夜

發行人：台灣角川股份有限公司
總監：呂慧君
總編輯：蔡佩芬
主編：林秀儒
編輯：黎夢萍
設計指導：陳晞叡
美術設計：莊捷寧
印務：李明修（主任）、張加恩（主任）、張凱棋、潘尚琪

發行所：台灣角川股份有限公司
地址：104台北市中山區松江路223號3樓
電話：（02）2515-3000
傳真：（02）2515-0033
網址：www.kadokawa.com.tw
劃撥帳戶：台灣角川股份有限公司
劃撥帳號：19487412
法律顧問：有澤法律事務所
製版：巨茂科技印刷有限公司
ISBN：978-626-400-219-6